岛上花园

An Island Garden

CELIA
LAIGHTON
THAXTER

[美] 西莉亚·莱顿·撒克斯特 / 著　[美] 柴尔德·哈萨姆 / 绘　周文翰 唐泽慧 / 译

中信出版集团

图书在版编目（CIP）数据

岛上花园 / (美) 西莉亚·莱顿·撒克斯特著；(美) 柴尔德·哈萨姆绘；周文翰，唐泽慧译. -- 北京：中信出版社，2021.10（2025.6 重印）
书名原文：An Island Garden
ISBN 978-7-5217-3317-4

Ⅰ. ①岛… Ⅱ. ①西… ②柴… ③周… ④唐… Ⅲ. ①随笔—作品集—美国—现代 Ⅳ. ①I712.65

中国版本图书馆CIP数据核字(2021)第156739号

岛上花园

著　　者：[美]西莉亚·莱顿·撒克斯特
绘　　者：[美]柴尔德·哈萨姆
译　　者：周文翰　唐泽慧
出版发行：中信出版集团股份有限公司
（北京市朝阳区东三环北路27号嘉铭中心　邮编　100020）
承 印 者：北京尚唐印刷包装有限公司

开　　本：787mm × 1092mm　1/32　　印　　张：8.5　　字　　数：140千字
版　　次：2021年10月第1版　　印　　次：2025年6月第5次印刷
书　　号：ISBN 978-7-5217-3317-4
定　　价：69.00元

《花园盛放时》
纸上水彩 / 50.6 厘米 ×35.2 厘米 / 1892 年 / 柴尔德·哈萨姆
史密森尼学会美国艺术博物馆

致

玛丽·海明威[1]女士

“她的胸怀如此宽广，如同海边之沙”

以此诚挚题献

目

C O N T E N T S

录

引　言

在肖尔斯群岛最大的岛屿阿普尔多尔岛上，在它耸立的礁岩之上，有一个小花园，接下来的篇章我会尽力将其付诸笔端。

从我能记事起，花儿就像我亲爱的朋友一样，给我安慰，给我灵感，给我力量，让我振作和愉悦。以前我是个孤独的孩子，住在离大陆10英里[1]远的灯塔岛[2]上。在我眼中，从地上冒出的每一株草芽，哪怕是一株最不起眼的杂草，也都无比珍贵。还不到5岁时，我就开始打理自己的小花园了。时光荏苒，后来我有了更大的花园，给许多人带来了许多快乐。

我在灯塔岛的第一片小花床上只栽种了金盏花，它那火红的花朵唤起了我心中的欢乐，也使我的眼眸中泛起喜悦的光芒。这一小块园地，确切地说还不到1平方码[3]，花开以后一派绚烂的橘红色，我像崇拜火的波斯人[4]那样看待它们。当我种下那些干枯的褐色种子时，我注意到它们的形状就像弯弯的新月一样，

沿着中心点缀着一排细细的圆点，像一串“珠子”。金盏花就是这种月牙状的种子长成的，每一朵花都像

> 一个小太阳，
>
> 圆盘状脸上的花瓣如放射的光芒。[5]

对于新月形的微小种子长成光芒四射的圆月形花朵的过程，我的小脑袋思考了很久。我对我所知道的花有着各种想法。花儿非常珍贵，我把它们摘下来时会感到难过。当它们枯萎时，我会把它们带到我发现的一处秘密的岩石缝隙中，把它们藏在那里，不让其他人看到，即使在那个时候它们也是宝贵的。

这些可爱的花啊！一夏又一夏，它们回到我身边，总是那么蓬勃、新鲜和美丽，但是曾和我一起欣赏它们、爱它们的朋友有些已经远去，再也不会回来。我想起了摩斯科斯（Moschus）为比昂所作的哀歌：

> 啊，我呀，当花园里的锦葵[6]、绿色欧芹、茴芹的卷须枯萎，假以时日它们会再度萌发，在来年的春天。但我们人类，无论是伟大的、有权势的，还是有智慧的，一旦离

《花园中的西莉亚·撒克斯特》
布面油画 / 56.5 厘米 × 45.7 厘米 / 1892 年 / 柴尔德·哈萨姆
史密森尼学会美国艺术博物馆

去，就会长眠于空旷的地下，陷入无尽的沉寂。[7]

陷入沉寂！多么深沉、坚不可摧的沉寂啊！但当我温柔地想起那些不再回来的人，那些曾经注视这些花朵的充满爱意的眼睛，我就会更加喜欢这些花儿，更加珍视它们。

年复一年，岛上的花园变得越来越美，充满魅力。夏复一夏，许多陌生人和朋友都恳求我："告诉我们你是怎么做的吧！你要写一本关于此事的书，告诉我们你是怎么打理这个花园的，好让我们也能照着做。"终于，我写了这本书作为回应。实际上，它源于一段苦乐参半的经历，我能做的就是知无不言，言无不尽。我相信这本书能帮助耐心的园丁取得相应的成功。为此，我不遗余力地写出了所有我认为有必要的细节，以及可能有帮助的建议。

泥土

一个问题，一个人人可见的奇迹

　且看我手里握着的这神奇的东西！

一个谜，一个充满魔力的惊喜，

　玄奥如神迹，琢磨不透。

它是什么？只是一小撮泥土，
　摸起来干燥、粗糙，是您踩在脚下的粉末，
看起来暗淡毫无生气。但是您再想一想，
　它蕴含着多少美丽、痛苦或甜蜜的东西啊。

想想色彩的光辉吧！玫瑰的红，
密密麻麻的树叶和草地的绿，
水仙花绽放时那太阳一样明亮的黄，
紫色的紫罗兰在微风中点头。

想想形状的多姿吧！橡树的虬曲，葡萄藤的蜿蜒，
坚果，水果，花串，玉米穗；
停泊的睡莲，一种神圣之物，
在晨光的亲吻中展开耀眼的雪白花朵。

想想微风吹过的芬芳，
　金色的柳絮散发着春天的气息，

苍白的水仙呼出浓郁的香味，

　香豌豆的花丛，荨麻的刺。

多么奇怪，这个没有生命的东西给了藤、花、树，

　以色、形、质，还有香味；

建造房屋的木料，出海的船只，

　它的力量和韧性就从这种粉末中产生！

自这干燥的泥土，

棕榈树间的可可豆吮吸它的奶汁；

自一模一样的土壤，

召唤那甜美的果实：那是我们闪亮的丝绸，

　桑叶应该屈服于虫子缓慢的劳作。

罂粟怎样从同一个源头偷来睡眠，

　那里流出的汁液能使人发狂或欢欣？

杂草如何为其粗糙的纤维寻找食物，

　那里的百合花为它那纯净的、挺立的花朵骄傲？

谁能参透神奥秘的思想呢？

　我们只能赞美，因为我们可能不理解；

世界上再也没有比这更美丽的谜语了，

　它就藏在我手里的这堆泥土里。

第一章

你手掌中的罂粟籽就像一个原子，小得几乎可以忽略……但在它里面囚禁着无法言喻的美的精灵，它将挣破束缚，从黑暗的泥土中冒出来，绽放耀眼的花朵，任何语言都难以形容它的伟力。

在我看来，在造物主的奇妙宇宙中的所有奇妙事物中，没有什么比在空地上种下一颗种子所产生的结果更让我惊讶的了。比如，你手掌中的罂粟[1]籽就像一个原子，小得几乎可以忽略，犹如一个斑点，或者一个大头针的针头，但在它里面囚禁着无法言喻的美的精灵，它将挣破束缚，从黑暗的泥土中冒出来，绽放耀眼的花朵，任何语言都难以形容它的伟力。

与神奇的种子相比，阿拉伯神话中的“灯神”[2]并不特别令人吃惊。种壳犹如一个微小的匣子，里面有折叠起来的根、茎、叶、芽、花、种皮，可以变成远超出种子本身颜色的丰富色彩和各种美丽形状。所有这一切构成了一株植物，它的大小与它所受的限制成正比，正如橡树与橡子一样。你可以在几周的时间里从头到尾欣赏这个奇迹。如果你意识到这是多么伟大的奇迹，就会沉浸在“惊奇、爱和赞美”[3]之中。所有的种子都极为有趣，比如蒲公英、蓟的种子有翅膀，能在每一丝微风中飞翔，或用它的倒钩钩住牲畜的毛、人的衣服，随之四散在各处；又比如，矢车菊光滑的、形如银色小毽子一样的种子长着羽毛，在风中旋转飘飞，旋即落在下面好客的大地上；又比如，枫树的种壳犹如船桨，可以在空中隐形的潮水中划行。但如果我在新年伊始就停步，独自思考种子的种种奇迹并沉迷其中，我担心自己永远也走不到我的花园！

嘴里含着银汤匙出生的人通常被认为是幸运儿，但与灵魂中怀着对花的热情来到这个世界的幸福的凡人相比，他的好运是微不足道的。我这样说好像有点过于严肃，可这是深思熟虑之后的想法。我指的不是一种浮光掠影的肤浅感情，甚至不是一种美学上的喜好。这种感情不像蝴蝶那般见异思迁，而是名副其实的真爱，能够承担起牺牲的尊严。这种爱伟大到足以让人承受肉体上的不适和精神上的失望，强烈到足以让人为所爱之物与上千个敌人战斗——带着自己全部的力量、判断，还有无尽的耐心。它和其他情感一样，能带给人微妙的刺激，只是这种刺激更柔和，或许也更有必要。

当人们欣赏我在夏天栽种的小花圃，或者在冬天为我盛开的“窗台花园”时，经常向我打听：“你是怎样使你的植物如此繁盛的？我永远也无法让我的植物像这样开花！你的秘诀是什么？”我的回答只有一个词：“爱。”爱意味着一切：有耐心面对持续不断的考验，有恒心长久坚持下去，有力量放弃身心一时的安逸而对心爱之物进行必要的照料，微妙的共情当然也同样重要。我有个聪慧的朋友，他说自己坐在廊道的树荫下时，紫藤花的藤蔓会向他倾斜，把头靠在他肩膀上。我没有这样的经历，但也充分而强烈地意识到植物对爱是有意识的，它们会对爱做出回应，而非无动于衷。你可能会给它们提供必需的全部食物和养料，使它们的生存条件尽可能地好，它们可能会生长、开花，但如果你不爱它们，肯定会有一些不可言喻的东西丢失。这种微妙的灵性很难把握，也无法用言语形容。挪威人用一个美丽而意味深长的词，即 Opelske，来形容人对花卉的爱护。这个词的字面意思是“热爱”或珍视花卉，让它们健康，充满活力。

就像音乐家、画家、诗人一样，真正爱花的人是天生的，而不是后天培养出来的。他是为这“苦海”[4]中的幸福而生的，是大地能给予它的孩子的最纯粹的快乐，这种快乐是宁静的、天真的，也是令人振奋的、永恒的。只要给一个人一小块地，让他照料、耕耘，并把种子播下，大自然也用露水、阳光、阵雨和芬芳的空气帮助他，他就能收获所需要的一切。但他很快就会知

《花园，肖尔斯群岛》
纸上水彩 / 50.2 厘米 ×35 厘米 / 1893 年 / 柴尔德·哈萨姆 / 私人收藏

道，“自由的代价是永远警惕”[5]这句话同样适用于花卉栽培，因为它们的敌人是个“军团”。他必须从早到晚，日夜不停地与这些敌人作战。这个“军团”包括夜蛾、金针虫、三色堇虫[6]、蓟马、玫瑰金龟子、蚜虫、霉菌等其他更多的敌人，但最糟糕的是令人厌恶的蛞蝓，这种黏糊糊的无形状生物会吞噬花园里所有精致美妙的花朵。爱花之人必须不屈不挠地找到所有这些敌人，并尽可能消灭整支军队，才可能如愿为他珍贵的花朵换来和平。对付它们需要采用多种手段，因为几乎每一种害虫都需要不同的毒药。在壁橱的架子上，我专门为它们放了一排排锡胡椒盒，每个盒子里都装着一种致命的粉末，都仔细地贴了标签。比如，蓟马爱啃蔷薇丛的树叶，啃到只剩叶脉，活像木质蕾丝。可以用嚏根草粉末对付它们，把粉末撒在所有树叶的背面——要记住，是撒在背面。请想一下，如此处理成百上千片叶子的过程多么艰难！对付蓝色、灰色和橙色的霉病，需要用另一个盒子里装着的硫黄粉。方法比较简单，只需在灌木顶上摇一摇，但是所有叶子都必须撒上，任何一片树叶都不能疏忽大意，否则就会有危险！还有一个盒子里装着黄色的鼻烟粉末，这是给绿色蚜虫准备的，这种虫子特别难对付——一旦让它的军团站稳脚跟，那你就要和你的花草说再见了。石灰、盐、巴黎绿[7]、辣椒粉、煤油乳状液、鲸油皂……武器清单的确很长，你必须用它们来对付花园里的敌人。你必须要有判断力、毅力和耐心，准确、小心地使用它们！

在我看来，最可怕的灾难是蛞蝓——一种“没有壳的蜗牛”。它极度令人厌恶，像一团乌黑的没有形状的黏液，会吞噬一切。它似乎喜欢所有已知的毒药，唯一能制服它的东西就是盐和石灰——至少是目前我唯一能找到的东西。但是盐和石灰必须小心使用，否则它们会像蛞蝓那样毁坏植物。花木生长的季节开始后，每天晚上花草都在以各自的方式向上生长，人们能感受到它们的力量。日落时，我会去花坛边堆一些风化的石灰，或围绕着某些最珍贵的植物撒一圈石灰。当这些石灰还新鲜时，蛞蝓无法跨越。但是一两天后，石灰就失去作用，没有力气灼烧，敌人就可以毫发无伤地跨过，留下它的黏液的痕迹。在许多个清冷的午夜，在朦胧的月光下，我从床上悄悄爬起来去看望我珍爱的宝贝，我想知道我撒下的石灰保护环是否还可以拯救它们。蛞蝓喜欢在夜里吃东西，所以白天通常看不到它们，除非下雨或阴天。太阳对蛞蝓来说意味着死亡，所以它们会躲在潮湿的木板下或阴暗的角落里。除了石灰，还可以用盐对付蛞蝓，但盐容易伤到植物，对此我一直有顾虑。浇水的时候，石灰和盐不能留在地上，否则它们会随着水渗入土壤，伤到植物的根。我有细铁丝网做的小笼子，可以用来保护一些刚发芽的植物。我会小心翼翼地在笼子周围堆上土，不留下任何敌人可能爬入的缝隙。我还会在一些花床四周围上木条做的盒子，将它们固定在特定的地方，并在盒子又长又浅的槽里撒满盐，这样就可以防止害虫侵害植物。

为了拯救心爱的花卉，我用尽了人类能想到的所有方法。每天傍晚，我都会在我的“宠物”周围撒下石灰和盐，第二天早上日出时再把它们移开。盐容易在潮湿的空气和露水中自行溶解，所以我在那些我最关心其安全的植物周围放上一圈圈纸板，把盐撒在上面，这样即使盐融化了，也不会伤到植物。这一切都需要力量、耐心、毅力和希望！这无疑是项艰苦的工作，但我从不抱怨，因为我所得的报酬是丰厚的。有段时间，我不知该怎么做才能使我的花园免遭蛞蝓的侵害。头天晚上我还站在花园里欣赏沿着花床长出的翠绿嫩叶，它们一行行地冒出来，让人心里愉悦，第二天早晨起来时，却发现整个花坛没有了任何绿色的痕迹，就像木匠刚刨过的木板那样光秃秃的。

在我同蛞蝓进行最激烈的搏斗时，有人对我说：“一切生物都有天敌。蛞蝓的敌人是蟾蜍。你为什么不引入蟾蜍呢？”

我抓住眼前的希望，立刻给大陆的一位朋友写信：“以先知的名义，我需要蟾蜍！”立刻有一群孩子迫不及待地行动起来，他们把身边能抓到的所有蟾蜍都抓了起来。6 月的一天，一只小船从远方的邮局给我带来一只箱子。箱子顶上钉了一张铁丝网，里面填了半箱土，3 只干枯的、灰扑扑的蟾蜍卧在几片干枯的、灰扑扑的树叶中间，无精打采地望着什么。难道就只有 3 只吗？实在不值得大老远把它们寄来。可怜的小家伙们看起来又干又蔫，我拿起水管往它们身上洒了一些凉水，给它们冲了个舒服的淋浴，把箱子也给冲了。我完全没有想到这样做的后果！干燥、炙烤的泥土顿时此起彼伏，一片骚乱：成打蟾蜍的灰蒙蒙的脑袋、肩膀和明亮的眼睛冒了出来，整个欢乐的乐队突然奏响了一场悦耳动听的音乐会。真是太美妙了！我饶有兴趣地打量它们，只见它们坐在那里，一边唱歌一边眨巴着眼睛。“你们可不怎么漂亮。”我一边拿起锤子拧下把它们关在里面的铁丝罩一边说，“不过，如果你们能帮我消灭敌人，你们在我眼里就是可爱的。”说着，我把箱子翻过来，让它们跳进这个有着食物和阴凉的完美乐园。整个夏天，我在花园的不同地方都能看到它们，它们越长越胖，胖得像苹果那样圆滚滚的。到了秋天，整个岛上到处都是还没有我拇指指甲大的小蟾蜍，它们欢快地跳来跳去。第一次，我引入了 60 只蟾蜍。第二年夏天，我又收到 90 只。但小狗在草丛中发现了它们，喜欢去咬它们并把它们折磨致死；老鼠也去捕食。许多蟾蜍就这样死去。但不管怎样，我还是希望能留下足够的蟾蜍来保护我的花园。

在法国，购买蟾蜍来保护花园的做法很常见。我在最近一期报纸的文章《园艺之友》中看到以下内容：

> 漫步伦敦的科文特花园市场[8]，趣事之一就是你会在出售的商品中发现蟾蜍。这些常见的爬行动物与市场里的英国园丁们站在一起，它们如此受宠，以至于每只蟾蜍要价一先令……蟾蜍的确是消灭害虫的好手，而且蟾蜍没有任何不良习性，也完全不惹人讨厌。因此，每一个花园的主人都应该热情款待它们。这很值得：要提供一些简单的诱因让自己的花园能够吸引蟾蜍。不仅如此，如果它们表现出想离开花园的倾向，还要竭尽全力用温和的方式将它们带回来，好使它们能够在最需要的地方效力。

最常见的害虫之一是切根虫[9]。这是一种裸露的肥硕蠕虫，长短不一。我见过 2.5 英寸[10]长的切根虫，它们像我的小拇指那么长。这种讨厌的生物生活在植物根部附近的土壤里。我曾见它们穿过一整排香豌豆，就像镰刀割过一样把它们的根部平滑地切掉，留下成行的枯枝败叶。不管遇见什么植物，它们都会不顾一切地夷平所有。对付这种害虫的唯一办法就是，在植物根部周围的土壤里到处乱抓，把虫子挖出来，并将它们杀死。有时，我发现它们的巢里同时有 20 个虫蛹。将石灰撒进土壤中可以消灭它们，但最可靠的方法是将害虫逐个找出并当场杀死。找到它们并不容易，但是园丁要想打理好花园，就必须要有无尽的耐心，在找到这些害虫之前，永远不要厌倦。

我的花儿还有一个敌人，一个真正可怕的敌人，就是我的小朋友歌雀[11]。毫不夸张地说，如果我冒险在地上撒种，它们就会让我不得安宁。它们迫使我把几乎所有的种子都放在盒子里培育，等种子长出小苗，茎秆足够坚韧，不再是这种小鸟的味蕾能感受到的美味，不再适合做它们理想的沙拉时，才敢把它们移植到花园的苗床上。花园里所有的香豌豆，以及成百上千棵娇嫩的植物都是这样生长的。等长到一英尺[12]高，根长一英尺时，它们就被分开移植到花园中。即便这样，这些小强盗还是会袭击它们。它们无法将这些小苗连根拔起，但会“猛拽”并扭曲茎秆，直到把植物杀死，徒劳地希望能从地下的某个地方拔出一株豌豆的残余。所以，我必须用木棍和支架支起几米长的旧渔网，以保护那些不幸的植物。在木犀草上，甚至在罂粟花坛和其他地方，我必须用编织得很密的铁丝网把它们罩住，以防这些掠夺者闯进来搞破坏。这些歌雀让我很受折磨，但我还是很爱它们。我还是个孩子时，就喜欢这种鸟带来的活泼音乐；哪怕它们只是坐在篱笆上，用明亮的黑眼睛看着我，也会让我发笑。它们身上有种奇特的滑稽和令人愉快的东西，唱起歌来就像友好的天使。我可以保护自己的花园不受这种鸟的伤害，但很难将它从那些丑陋的蛞蝓手里解救出来。我对蛞蝓没有任何感情，只有想把它们消灭的愤怒。

如果可能的话，最好是从秋天开始就为下一年春天的花园做准备工作，而首先要做的就是准备土壤。倘若有园丁可以像肖尔斯群岛上的我这般幸运，就不会遇到太多麻烦。因为在岛上，畜棚里的粪肥可以堆放在一些偏僻的荒地上，直到风、天气、温度和气候的变化所施加的影响，将其变成细腻的、没有难闻气味的、天鹅绒般的褐色泥土（《老农年鉴》称之为“充分腐烂的肥料”），可以为几乎所有植物提供所需的营养。但如果没有这样的“富矿”可供开采，种子和植物商人出售的各种肥料也能很好地满足园丁的需求。不过，我发现没有什么比牲畜的粪便更适合做花草的养料。如果无法获得立即可用的粪肥，那么最好在秋天从畜棚中取几车粪便堆在花园附近，让它整个冬天都堆在那里，直到雨、雪、冷、热等所有因素作用于其上，使它能在来年春天使用。许多人堆肥——这件事很了不起——是把草皮、枯叶和废料堆在一起，让它们慢慢腐烂，直到变成细腻、丰富而肥沃的肥料。我很容易弄到畜肥，所以就一直用它，而且效果很好。但我也会堆肥，用于那些不喜欢畜肥的植物。

在冬季（尽可能晚些时候），赶在地面结冰之前，我会挖出单瓣型大丽花（我的花园里没有重瓣型大丽花）的块茎，将它们放入装满洁净、干燥沙子的盒子中，放在无霜的地窖里，一直保存到春天。我发现，剑兰、郁金香、百合等花的球茎能在肖尔斯群岛的土壤中完好地度过整个冬天。

在毛地黄、冰岛罂粟、壁花[13]、毛剪秋罗、香石竹和其他多年生植物上，我会撒上薄薄的粪肥，在蜀葵的土壤里要多撒一些，而在蔷薇丛中要堆更多的粪肥（高度几乎达到植物幼苗的2/3）——但也不能太多，要小心给幼苗留出足够的空间，让它差不多1/3的茎秆裸露在外面，保证可以呼吸。到了春天，必须小心地把这些肥料撒到花草根部周围的土壤里。至于忍冬、铁线莲、葡萄藤等，我会将混着木灰的肥料满满地堆在它们根部，这对葡萄藤和蔷薇丛特别有用。但白百合（实际上是几乎所有的百合花），不喜欢与粪肥接触，它们的根茎需要用树叶和树枝保护起来。春天到来时，只在它们根茎附近的土壤施肥，不要让它们接触到不喜欢的东西。秋季整理花园时，要拔掉所有干枯的香豌豆藤和各种枯死的茎梗以清理地面。在那些多年生植物的根茎附近我会堆积点东西帮助它们御寒，通常是先在根部小心地放些宾州杨梅[14]的小枝，这样就可以保证植物根茎周围空气的流动。在没有多年生植物生长的空地上，我会把肥料撒得很厚。这样，在整个冬天土壤可以缓慢地富集养分，准备在来年夏天为每一种绿色植物提供丰富的营养。4月，铲这一小块地的土时，要翻动所有这些肥料，并在与土壤充分混合后铺平。

1月和2月，当窗外雪花翻飞、狂风咆哮时，为即将到来的夏天做计划多么让人快乐啊！小而浅的木盒已经准备好，里面装满了过筛的熟土（我总是小心翼翼地在秋天地面结冰之前将它们准备好），洒点水弄湿之后，再以爱之手将珍贵的种子撒入其中。三色堇[15]的种子像一颗颗金砂一样躺在黑土上。看着它们时，我想到了封存在里面的皇家紫色的华彩，想到了它们的金色、蓝色和青铜色，想到了它们华丽的天鹅绒般的花朵上无数绝妙的颜色组合。每一个小小的金色颗粒都意味着无比丰富的美和欢乐！然后是一年生紫罗兰或吉利花[16]的薄片状棕色种子。还有一张小小的方形纸，里面包着白色的“爱丽丝公主”[17]各样变种的种子，许多双穗的、芳香又雪白的花之精灵隐藏在薄薄的干燥纸片中！不同纸里包着各种颜色花卉的种子：有的是浅玫瑰色，有的是淡紫色或深紫色，还有的是虾粉或鲜红色。把它们撒落在泥土里，轻轻地覆盖一层土，温柔地压一下，然后安置在温暖的地方，它们就会发芽。接下来，就该大丽花的种子了。它们有着粗糙、干燥、畸形的外壳，因此要提前播种。到6月底才会开花，展开它们丰富多彩的巨型星状花朵，到结霜时它们才会凋谢。可以开出除了蓝色以外各种颜色的花朵，还有从淡玫瑰色到黑栗色的深深浅浅的红色，都有金黄色的花心。它们还可以开出各种色调的黄色花朵，从硫黄色到火焰色。我称这些黄色的花朵为“国王之花”，庄严而灿烂。

我种了上面所有这些花卉以及更多的植物。对于那些无法承受移栽的花草，我为它们准备了其他“住处”：将浅箱子的一半用沙子填充，在其中密密地放入几排蛋壳，每个蛋壳的一端切掉，底部敲开一个洞当作排水孔。在这些蛋壳里放上土，撒上可爱的黄色、白色和橙色的冰岛罂粟的种子。不久之后，就到了把它们移入花园苗床的幸福时刻，可以打破蛋壳而不影响固定其根部的椭圆形土球，它们可以说是在不知不觉中被移栽了过来。令

《罂粟花，肖尔斯群岛》
纸上水彩 / 50.3 厘米 ×35.6 厘米 / 1891 年 / 柴尔德·哈萨姆
私人收藏 / 肯尼·约翰逊画廊

人好奇的是，不同植物对移植的感受大不相同。三色堇越移来移去，它似乎越喜欢；许多一年生的花草移植一次后长势更好。但对罂粟来说，移栽意味着死亡，除非以我提及的方式小心进行。

种子箱要放在温暖、黑暗的地方，因为它们在发芽之前只需要热量和湿度。等待并照料幼苗真是一件乐事，当第一片珍贵的绿叶开始出现的时候，将其小心翼翼地搬到凉快的、有充足的阳光透窗而入，但是没有明火的房间，因为在这个阶段热成了最大的敌人，如果没有保护好，它们就会变细、萎缩。当植物的茎秆足够粗壮，长出第二片叶子的时候，除了本就在蛋壳中的罂粟花和它们的同伴，每一株植物都必须单独放入一个小盆或蛋壳中，帮助它们长得更加粗壮，将来可以更早开花。这样，等到天气暖和了，就可以把它们移栽到外面。

这样的乐事发生在冬天，是我在新罕布什尔州风景如画的朴次茅斯老城区休整的时候。秋天，我从肖尔斯群岛来到城区，度过寒冷的冬季，到下一年4月1日再回到岛上。整个冬天，我楼上的窗户边都摆满了壁花、紫罗兰、大丽花、蜀葵、罂粟，以及许多其他园艺植物，它们都受到了悉心的照料，直到被跨海运输到阿普尔多尔岛。一艘小蒸汽拖船“宾纳福号”将我和我的家当运送到岛上。当小船从古老的棕色码头出发，沿着美丽的皮斯卡塔夸河[18]顺流而下时，小船上会出现一道靓丽的风景：顶层甲板上的绿叶和鲜花在风中摇曳，就像整个世界都在进行劳动节游行似的。我会把正在开花的室内植物也搬到岛上去，诸如棕榈类、蕨类植物，以及许多其他可爱的东西，因此小船上充满了欢乐。所有发芽的秧苗都被小心翼翼地装在宽大的方形篮子中，好让它们保持稳定。当船在咸湿的海浪上颠簸行驶时，茁壮的幼苗挺起它们强壮的茎秆和健康的绿叶，勇敢地迎接风吹日晒。

到 4 月 1 日，该是种香豌豆的时候了。从这时到 5 月的第二周冒险把它们移栽到花园中的那一刻，装有无数幼苗的盒子需要仔细观察和照料：白天将它们放在户外的廊道和阳台上，晚上要重新放回室内，小心保护它们免受炙热的太阳、狂风、暴雨或低温的影响。这些小苗需要持续的照料。但给它们所需的东西是一种快乐，看着它们茁壮成长也着实令人喜悦。要打理好这一小块花圃还有许多令人愉快的准备工作要做。我的这个岛上花园是如此之小，可是它在整个夏天带给人的纯粹快乐却难以估量。我的小花园位于一个四五十英尺长的廊道边缘，向南倾斜，宽度不超过 15 英尺，这里不受北风的影响，能享受阳光的直射。整个廊道上布满了葡萄藤、啤酒花、忍冬、蓝色和白色的铁线莲、山药[19]、金鱼花、紫藤、旱金莲、牵牛花、日本啤酒花、香忍冬[20]和美丽的野黄瓜。7月，野黄瓜的藤蔓几乎盖住了一切，并以一层薄纱似的白色花朵打扮自己，一簇簇松散地开着，气味芬芳又不会太甜，总是那么清新而优雅。葡萄藤则长成了令人愉悦的绿色树荫，因为我的小岛上没有树，这些藤蔓使人们倍感欣喜。在广阔的海洋和天空之间，这种绿荫格外受人欢迎。

在4月的第一周，有人帮我铲平花园地面的土壤。在这之后的整个季度，花园里的所有活计我都不会假手于人。在明亮清爽的春季日复一日地劳作是如此令人愉快，因为到目前为止，新英格兰春天的温度让人感到冷峻而轻快，而且几乎没有缓和的迹象。但是到了这个月的7号，当我站在花园里修剪蔷薇丛时，就可以看到快乐的翅膀扑腾了。瞧！第一只家燕雀[21]！这种美丽的生物有着白色的胸膛和钢蓝色的翅膀，它们旋转、鸣叫，有时还会斥责我，因为它们认为我站的地方太靠近廊道屋檐下它们棕色的小家了。它们大着胆子凑到我跟前，用喉咙发出不高兴的低沉叫声，让我知道它们的意见。但是几天后，它们发现吓唬不了我，而我也不打扰它们，于是断定我是一种无害生物，与我泰然相处了。它们迅速占据了自己的夏季“宿舍”，开始在其中筑起舒适的小窝。哦，接下来是几周快乐的时光，它们带着最纯粹的喜悦和满足求爱、低语、鸣叫、呼唤，梳理完光滑的翅膀后迎着风斜飞，旋转、拍打、调情、爱抚，它们带着羽毛、稻草和碎片下来筑巢——这一切一直持续到产下蛋后，它们才会安定下来，变得相对安静一些。燕妈妈在下面孵蛋时，燕爸爸通常坐在小小的棕色烟囱顶上，在阳光下快乐地冥想。它们会一起在空中畅游，抑或在一个小角落用优美的语调聊聊天，直到燕妈妈赶回巢里孵蛋，她不敢离开太久，怕蛋变冷了。在这个岛上，在阳光充足的屋顶上、屋檐角落里、高高的柱子上，凡是家燕雀建造了鸟窝的地方就会重复上演这出甜美的小戏剧。整个 4 月和 5 月，我来来回回忙碌自己的事情时会观察它们，而它们忙着自己的事，我们互不干扰。它们已经下定决心要忍受我，而我则崇拜它们！我在下面的花坛上工作时，如果燕爸爸过来，坐在我旁边的篱笆栏杆上，不理会我温和的动作，毫无畏惧地像在自己家里一样发出音乐般的鸣叫，那真是让我感到受宠若惊。

4 月 1 日上岛后，当我满怀希望地忙于令人愉快的准备工作时，我在阳光灿烂的角落里发现了盛开的洁白雪花莲，我为它们的美而欢欣。它们的花朵像脆弱的翅膀，带着精致的海绿色斑纹，叶子像青草一样新鲜。自从 3 月 1 日起，它们就一直在开花。番红花的花朵像风从地上吹出来的一样，如同可爱的金色、紫色、白色的长泡泡；在正午的阳光下，纯色或有淡紫色条纹的泡泡破裂后变出了这般美丽的花瓣，露出像火焰一样的橙红色花药。

小小的西伯利亚蓝钟花将迷人的铃铛悬挂在微风中，那么蓝，哦，犹如在无云的天空下深海海水的那种极致的蓝色。稍后次第开放的是，黄水仙和长寿花，“露华正浓的郁金香”[22]，优雅、神秘的诗人水仙，还有一株深红色的牡丹——可惜我的花园太小，这种大型植物不能种更多，它们开得如此早，又凋谢得如此快。

每年5月的第一周，家燕和矶鹞[23]都会准时到达肖尔斯群岛。这似乎是对一个非常简单的事实的非常普通的陈述，但要用言语来表达我对它们来到这四面环海的岩礁的欢迎和喜悦之情，简直是不可能的！

5月1日的早晨，风和日丽，我坐在室外，将三色堇和吉利花的幼苗移栽到花园的花床上。公燕和母燕在栅栏上看着我，它们用迷人的语言交谈着，无疑在聊一件很重要的事情，尽管我的感觉还不够细腻，无法理解它们的词汇。歌雀们从灌木丛、墙壁、篱笆和山墙顶上向我唱着它们简单而友好的歌谣。在下面的一处坑洼里，我听见白喉雀[24]“热情洋溢”的歌声——“热情洋溢”是唯一能形容它的词汇，就像“一杯南国的温暖”[25]——多么欢欣，多么幸福！也许会有来自知更鸟的挑战，或者刺歌雀“自空中传来的一串笑声”，或者从又高又远的地方传来杓鹬[26]的叫声。也有潮水涨满时海浪轻轻拍岸的声响，因为大海离我的花园篱笆只有一箭之遥。从不远处传来孩子们的喧闹，此外就没有别的声音了。

突然，一声清脆的叫喊从岸边传来，重复了三遍："甜，甜，甜！”我呼唤我的邻居，就是我弟弟，他正在自己的花园里干活，“矶鹞！你听见了吗？”好消息口口相传，“矶鹞来了！”“甜，甜，甜！”啊，这可爱的音符一遍又一遍地重复，在满潮的静谧的海湾中轻轻回响，那海水似乎也在屏住呼吸静静倾听。如此温柔，我从来没见过别的鸟发出过这样的叫声，这是在带露的清晨或寂静的夜晚能听到的最优美、最抚慰人心的音调。这种鸟有许多不同的音调和叫法，有些像聊天，有些像公事公办，有些则像沉思；每当有邪恶威胁到它的爱巢时，它那恐惧的叫喊会使我心碎。但这温柔的呼唤，“甜呀，甜呀”，却是最迷人的声音，充满喜悦，总是能给聆听者带来心灵的震颤。它就像是爱本身的声音。

接着，从高高的天空传来了家燕们兴高采烈的合唱，它们

《虞美人，肖尔斯群岛》

纸上蜡笔 / 24.8 厘米 × 31.1 厘米 / 1890 年 / 柴尔德·哈萨姆 / 私人收藏

纽约赫希尔·阿德勒画廊

欢快地飞来，迅捷翻腾的翅膀划破蓝天，在空中奏出美和音乐交织的旋律。它们会在岛上一直待到8月底。像燕雀们一样，家燕的音符是纯粹的欢乐，它们发出的声音里没有悲伤。矶鹞的音调充满了甜蜜的沉思；歌雀的声音仿佛思虑重重；知更鸟[27]有许多悲哀的调子；在黄鹂[28]的鸣叫中有一种胜利者的扬扬得意，只是没有家燕那种纯粹的喜悦；乌鸫的叫声既锐利又甜美，但不那么欢快；而食米鸟，当它从明亮的喉咙里发出那些闪亮如宝石般的声音时，就像小丑中的王子那样妙趣横生，但不会让人觉得是在观看喜剧。家燕的啁啾表达的似乎是一种纯粹的狂喜——在我所知的所有鸟儿的歌声中，只有它唱出了没有丝毫阴翳的欢乐之声。

第二章

站在空旷、静止的土地上，想到其中蕴含的美和欢乐，想到自己可能就是那个被赋予力量从这片沉寂的土地中召唤出如此美妙盛会的魔术师，我就由衷地感到喜悦。

“全能的上帝首先种植了一个花园，”培根勋爵说，“而且，种植花园是人类最纯粹的乐趣，可以令人类的心灵焕然一新。”[1]再也没有比这更真实的话了。

园丁的本能深深地植入我的灵魂，我真的很喜欢干活用的工具，比如铁叉、铁锹、锄头、耙子、泥铲和喷壶，在我眼里它们都是令人愉快的东西。现代社会的聪明人发明了这些原始劳动工具的各种变体，许多颇有助益。例如，一种短的五齿手叉，用来拨开杂草根部的泥土十分趁手。有些野草，比如三叶草和锦葵，蔓延得很广，也很顽强，好像把自己牢牢缠在了地下的磨盘上，要把它们拔出来会很费劲。但用这种友好的小叉子扒拉一下，它们必定就得出来，不管愿不愿意。

我喜欢把锄头拿在手里，敲碎铁锹翻地以后留下的土块，把天鹅绒般无臭无味的黝黑粪肥埋进泥土里，这些肥料为我的花提供了最好的养料。还有一种乐趣是，拿着轻便的耙子，均匀地耙过土壤，把每一根树枝、每一块石头、每一根稻草、每一块土疙瘩都清理干净，直到地面光滑细腻得像面粉一样。这一步要做得仔细而彻底，苗床要弄得整整齐齐的，使其表面平整得如同地板一样；不要把土堆得过高以致雨水流失。这样，这块地就为播种做好了准备。

对我来说，在地上种下一粒种子本身就是美好的。我总是带着喜悦和极大的敬畏去做这件事。种子种下去以后，我会看着我的花圃，想象上帝是如何在眼睛看不见的黑暗地下奇妙工作的。我一直惦记着自己种下的种子。我常常在夜里醒来，陷入思索：雨水和露珠如何接触干燥的种壳，使它变得柔软。生命的精灵如何开始在种子里活跃起来，植物的个性如何呈现出来。种子如何挣脱囚禁自己的种壳，从中伸出两只手，一只手是根，负责抓住泥土，让自己挺立并吸收养料；另一只手伸出去寻找光，向上攀爬，痛饮微风和阳光，实现它完整的生命之美。让人好奇的是，叶子如此热爱光明，根却如此憎恨它。约翰·拉斯金在他的《普洛塞庇娜》[2]一书中以他独特的方式论述了这个问题。他的说法非常有趣且富有启发性："茎的首要本能……寻求光明的本能，就像根寻求黑暗的本能一样——有什么言语能形容它的神奇呢?”如果“种子落在土中，在地下萌芽，有灵识的茎靠天生的本领卷曲着去寻找从未见过的光”。“有灵识的”茎！是谁教它的？他论及叶子和茎的言辞都非常优美，每个人都应该读一读。我真的不知道他的这些描述中哪一个是最精彩的，但是没有什么比这个定义更引人注目了：“根是一群正在生长的纤维，它们从土壤中品尝并吸收对植物有益的物质，并且凭着它们的联合力量将植物固定在适当的位置上……根的粗壮部分无法觅食，只有它们像舌头又像海绵的细小末梢能吸收营养。它们容易吸收水分，但和那些娇气的小男孩或小女孩一样，它们对自己认为好吃的东西特别讲究。它们到处去寻找这些东西，如果得不到就会恼怒和生闷气。”

再没有比这更好的描述了。如果任何一个种子商想要立即发家致富，他只要在出售的每一袋种子上印上每种植物所需的土壤和食物就行了。比如木犀草，它在贫瘠的沙土中长得最好；把它种在沙土中比种在肥沃的土地上要香得多，后者会导致它的叶子疯长，花朵越来越少，逐渐失去甜香。而说起罂粟，一般要把它们种在肥沃的沙土中，只有加州罂粟可以在贫瘠的土壤里生长。至于三色堇，给它们你能找到的最肥沃的土壤，还有充足的水分和部分的阴凉。不要担心你的旱金莲遭遇干旱，它们来自智利，几乎比其他任何植物都更能在缺水的环境中生存和茁壮成长；不必劳神去给它们的土壤施肥，这只会让它们的叶子长得茂盛而粗糙，花朵变少。你只需要清除杂草，然后让它们自谋生路；没有哪种花像它们这样喜欢被忽视。给你的百日菊比较重的土壤，它们喜欢黏土。尽可能让香豌豆保持湿润，让它们的土壤尽可能地肥沃。让你的百合花永远远离粪肥！它们不愿意接触这类肥料，但也喜欢肥沃的土壤，只是这土壤只能用粪肥以外的东西改善，而且它们也喜欢黏土。如果这些条件满足的话，它们会绽放得最好。你可以把粪肥放到你花园的某个地方，在那里种上玫瑰、向日葵、蜀葵、忍冬和大丽花。对于不常耕种土地的人来说，这种提示简直是无价之宝，他们能因此大大减少失败和沮丧！一个人想自己弄清楚这些事情需要花上半辈子，还要经历许多艰难困苦。

回到播种吧。是的，种下一粒种子看起来很简单，但我总觉得它是上帝诸多奥秘中一件非常神圣的事情。站在空旷、静止的土地上，想到其中蕴含的美和欢乐，想到自己可能就是那个被赋予力量从这片沉寂的土地中召唤出如此美妙盛会的魔术师，我就由衷地感到喜悦。

我从房子里拿出一张垫子，跪在平整地铺满醇厚的棕褐色

《撒克斯特的花园》
纸上水彩 / 50.2 厘米 ×35.8 厘米 / 1892 年 / 柴尔德·哈萨姆
史密森尼学会美国艺术博物馆

土壤的苗床旁，在苗床一端距离起始位置数英寸远的苗床框架上面铺一块狭长的木板，沿着木板的边缘在地上均匀而牢固地划出一条犁沟，重复这一动作，直到整张苗床都设置好等距离的沟。把能发芽的种子撒入这些笔直的犁沟中，然后将土覆盖在上面（深度约为种子直径的两倍），然后将木板轻轻地压在表面，直到整个表面再次变得完全平整。然后，必须小心地轻轻给所有种子浇水。我几乎全部的种子都种在了这个被鸟祝福和迫害的小花园中，因此为了阻止歌唱的鸟雀接近它们，我不得不在播种后的苗床上铺上报纸或其他保护物，然后盖上铁丝网，直到种子安全发芽。去年 5 月初的一个早晨，我在每个花床周围都种了一圈木犀草种子。那天下午再到花园时，我发现有鸟儿在活动，它们长着灵巧的翅膀和尾巴，还有漂亮的喙和明亮的眼睛，粗壮的小腿和爪子疯了似的抓来抓去。这些鸟全是白喉雀和歌雀，这些快乐的小强盗几乎一粒种子都没留在地里。每张苗床的边缘都有一个凹槽，凹槽被它们勤劳的双脚踩成了空洞——和我的希望一样空。我又去仓库取来种子撒在那里。这一次，为了安全起见，我费了好大的劲儿，把两根木条并排放在我种下的种子两边以保护它们。第二天早晨，我发现鸟儿们又来了。它们在两条细木板底下挖洞，对着它们又踢又啄，种子又一次被吃光了。怀着耐心，我又种了一次。这一次，我从一堆长短不一的笨重木材中拖出一些横梁，将它们沿着种子的边沿铺好。鸟儿们盯着这些路障，努力想在下面钻个洞，但试过几次之后被迫放弃，我终于战胜了它们。过了一个星期，我翻开保护木犀草的横梁，发现这些小木犀草苗白得像地窖里发芽的马铃薯苗，但至少安全无事，对此我心中充满感激！一两天的阳光和空气就能让它们变得又绿又壮。整个夏天，我倍加珍惜每一朵花带给我的芬芳，因为我费了那么大的劲儿才把它们救活。我提到这个小插曲只是为了说明一个事实：要想成为园丁需要比大多数人更有耐心！

天气状况、空气温度和降雨量对于第一片绿叶何时萌发至关重要。有些种子需要比其他种子更多的时间才能发芽。例如，如果所有条件都适宜，也就是足够温暖、潮湿和阳光充足，蜀葵、万寿菊、10 周的紫罗兰（或曰吉利花）、天堂玫瑰[3]、百日菊等，需要 3—5 天发芽；紫菀、单瓣型大丽花、向日葵、矢车菊、木犀草、金鸡菊、牵牛花、香石竹、壁花、须苞石竹，以及许多一年生植物需要 5—7 天发芽；凤仙花、三色堇、秋海棠、德拉蒙德福禄考、罂粟、马鞭草、山牵牛和许多其他植物，需要 8—10 天发芽；耧斗菜、亚麻、蒿、小白菊、风铃草等，需要 10—12 天发芽；毛籽草、勿忘我、矮牵牛、马缨丹、烟草（顺

《花园，阿普尔多尔岛》
纸上水彩 / 33.5 厘米 ×25.4 厘米 / 1891 年 / 柴尔德·哈萨姆 / 阿默斯特学院米德艺术博物馆

便说一句，这是一种很雅致的花），需要 12—15 天发芽；电灯花、大岩桐、报春花、老鹳草和其他植物，需要 15—20 天发芽；多年生福禄考、铁线莲、多年生飞燕草（可太美妙了！）等植物，需要 20—35 天才会发芽；至于羽扇豆、百合和蛇葡萄等植物，则需要一整年的时间才会发芽！还好，普通园丁不会试图从种子开始培育这些花。

当沿着苗床长出第一道隐约可见的“绿线”时，杂草就出现了。是的，甚至在你栽种的花草发芽之前，它们就冒头了。这是一支生机勃勃、杂乱无章的狂野军队，充满生机和力量，而且有着惊人的生长能力。你必须立即毫不留情地处理这一问题，毫不迟疑地把它们连根拔起。有一种三叶草，长着小小的圆形叶子，它的根似乎能伸到地下世界的每个角落。它无处不在，能以任何生物都无法比拟的抓地力紧紧抓住土壤。它的所有根须都必须被挖出来，因为每一条都能长出新芽，如果不留心的话，几周内它就能长满所有地方。另一种难对付的杂草是繁缕，它非常脆弱，轻轻一碰就会折断。这种草无孔不入，如果不加处理，就会像绿色的薄雾那样填满花朵之间的每一处空隙，会让花朵窒息而死。阿尔方斯 · 卡尔[4]对他的花园珍爱备至，曾对它做过很多有趣的描写。关于繁缕，他写道：“繁缕被赋予了其他植物不具备的繁殖力……每年有七八代的繁缕覆盖地面……它能轻易地攻占田野，侵入我们的花园，要摧毁它几乎是不可能的。”

要对付的杂草有很长一列名单。猪草[5]、豚草、灵巧草[6]、荠菜、锦葵、芥菜、酢浆草等，是第一批出现的杂草。第二批成员中有所有杂草中最坏的偃麦草，还有马齿苋——查尔斯·达德利·华纳[7]在他迷人的《花园夏日》一书中提到这种植物，令人难忘。偃麦草的根像钢铁一样坚固，在地表之下迅速向四面八方蔓延，不断冒出柔嫩的小芽，这些嫩芽被触碰时很容易折断。必须找到它的根，紧紧抓住，然后彻底毁掉它的整个根须，否则杂草会像巨人一样长出来，到时候就很难再对付了，除非把与它纠缠在一起的花也拔掉。接下来出现的是马齿苋那橄榄绿的扁平叶子和红色的肉质茎，它们像垫毡一样快速占领地面。这种草很容易处理，只是它们会不断地长出来——整个夏天，新鲜的草芽会不断从土壤中冒出来，园丁必须警惕并尽职尽责地摧毁它们。

一种叫菟丝子的杂草或野生植物，给我的岛上花园带来了最大的麻烦。它经常被错误地称为“金线”，因为它看起来像一团缠在一起的琥珀色线，但其实与真正的金线完全不同。整株植物除了这些看似无穷无尽的、脆弱的、黄中带红的茎外，什么也没有，茎上长着一簇簇又小又暗淡的白花（隔一段时间结种子），没有叶子。它在土里没有根，是一种“寄生虫”，对于依附在什么东西上一点也不讲究，任何阻挡它的东西都会成为它攀附的对象。这种植物如果长在合适的地方会非常漂亮，比如有的菟丝子生长在岩石嶙峋的小海湾的顶端，顺着海湾的岩石迤逦而下，一直延伸到海岛周围的水里。它生长在岩石顶端的金棒草[8]和形如“无边便帽”的蓝色侧花黄芩之间，从一株植物蔓延至另一株，直至形成一团半透明的琥珀色。但是，唉！当它进入一个文明的花园时，那花园就有祸了！20 年前，有人带了一把正在开花的菟丝子来到我的廊道上，其中一些被人无意中扔到了花坛里。从那以后，我就一直与这种杂草斗争，至今无法摆脱！第二年，我发现我的旱金莲、矢车菊、金盏花以及其他所有的花，都缠在菟丝子的黄色网里，那真是一场无法摆脱的混乱局面。

我年复一年地与菟丝子作战，但还是无法将它们完全消灭。我从不让它们的任何植株在花园里生长，不让它们的种子出现在花园里，也不让它们在花园附近的地方生长。在我的小小领地里，它们的任何踪迹都逃不过我的眼睛，可是它们的种子每年还是会或多或少地冒出小芽，我总是能在花园的某个地方找到一两株这种植物。它们从地里冒出来，每株都像一根纤细的黄头发；长到一英寸半或两英寸后，它们就会竭尽全力去够离得最近的可以攀附的植物。一旦接触到那种植物，它们就会像帽贝一样紧紧抓住它；然后，它们把自己的另一端从地里拔出来，余生就在那里安家了。它们会用一种越来越可怕的力量牢牢抓住那株不幸的植物，吸光它的全部汁液，榨干它的健康、力量和美丽，然后换下一个对象，如此这般，直到整个花园变成一片荒凉的废墟。

在它们出现后的许多个春天里，铺好苗床后不久，我常常拿着一个玻璃杯，翻遍苗床把菟丝子的细小黄毛拔出来。通常，一两个小时内拔出来的东西就能装满五六杯。我把它们装在玻璃杯里，是想确定拔下来的是什么东西，也是因为它们不容易从这种容器里被吹走。不管它们落在什么地方，只要碰上一个绿色活物，它们就会以令人目瞪口呆的速度贴上去，一劳永逸，而其他植物可就命不久矣！每年，我都以最热切的警觉监视着它们，小心翼翼地给这块小乐园的所有地面除草，但它们还是有可能在除草之后悄悄出现，而且在我反应过来之前已经把花捆住。我只好把它们触碰过的所有植物都拔出来，放在篮子里带走，然后全部扔到海里。这是摆脱它们的唯一办法。我曾见过它们以坚不可摧的方式紧紧缠绕在一株高大向日葵的光滑大茎上，我从未想过它们会出现在那儿。当时已经看不到向日葵茎一丝一毫的外皮，只有琥珀色的菟丝子及其暗淡的白色花朵从向日葵盛开的圆盘一直蔓延到其根部。我毫不迟疑地把向日葵和菟丝子拔出来，一起扔进了大海！

这些只是人们必须与之斗争的野草中的一小部分。不过，我猜想地球上很少有人像我这样为菟丝子而烦恼。只有岛上的花园才能让它们如此惊人地成长！人们很快就熟悉了杂草中的大多数，并最终学会了如何对付它们。没有经验的园丁所犯的最大错误，就是在地里留下一株野草的一点根须。只有用小手叉把一排排植物之间的泥土仔细梳理一遍（在用手尽可能小心地清除所有入侵者之后），你才能确定它们已经消失。在此过程中，其他杂草的种子也会被翻过并被带到地表，它们仍会发芽。但是这样除过草以后，你所栽种的花木已经遥遥领先，能够排挤掉新长的杂草以确保自己的安全。但某些情况除外。比如“秘鲁苹果”（曼陀罗[9]），就是敌人中最强大、最顽固的。这是一种有毒的植物，气味令人作呕，必须提防并击溃它，幸好这很容易做到。长势良好时，它是一种最不可思议的植物——一种强壮的低矮灌木，有着蝙蝠般的深绿色叶子、淡紫色的百合状长花和带刺的圆形种壳。霍桑[10]说：“在这些事物中暗含着怎样一种品行？它们生来就迎风撒播，并以这种不可动摇的固执来征服大地，历尽艰难，却生机盎然；它们永远不会因烈日或阴影而萎靡，总是以几乎邪恶的华美丰盛嘲弄它们的敌人。”“何为杂草？”加蒂夫人[11]（那位美妇人朱莉安娜·霍雷希娅·尤因的母亲，她在花卉和其他许多方面多有论述，以至于她的时间都不够用了）如此作答：“杂草是格格不入的植物。”一位大自然的敏锐而密切的观察者说：“更好的定义应该是，‘一种天生就爱走错地方的植物’。”他接着说：“这就是杂草的本质——在植物和人身上都是如此。如果你浏览植物学方面的书籍，你会看到某些名称后面常常附加一个注释，即‘一种麻烦的杂草’。这不是因为它有毒或丑陋，而是因为它鲁莽，即进入与它无关的地方，碍了别人的事，因此成了所谓的杂草……谁见过栎木银莲花或欧石楠在不恰当的地方开花？这就是原因。那么，究竟是什么使某些植物具有了这种性情——使它们离开自己的位置，进入会妨碍和冒犯我们的地方呢？无论如何，这种性情似乎都是恶意的、侵扰性的或者错误的。”[12]在我看来，这似乎是我读过的文章中对杂草所做的最好定义。

它们的力量甚为强悍，它们的名字是“军团”。即使园丁没有其他必须与之战斗的敌人，光是一种杂草就足以让他的力量和耐心消耗殆尽。

如果任由花苗像刚播下的种子那样密密麻麻地挤在一起，它们就会互相残杀。一旦它们抽出第二片叶子，就必须对它们进行“间苗”，拔掉一些多余的花苗，让紧邻的两株植物有 2—5 英寸的间隔。我一般会在本应留一株幼苗的地方留下两株，因为很可能会有意外摧毁它。如果有两株，即便遭遇不幸，还能有一株可以存活。有些花草比其他植物需要更多的空间。粉色康乃馨长得又细又高，可以比罂粟花更密地种在一起，而后者会向四面八方生长。对我来说，把多余的幼苗拔除并扔掉是非常难受的。我不忍心毁掉自己曾如此关爱、照料的珍贵幼苗，但必须如此。这是非常重要的，因为花园的福祉取决于此。我只能尽量安慰自己，把那些能移栽的幼苗保存起来，送给邻近岛屿上的园丁伙伴们。

很快，整个花园地表就覆盖上了繁茂、温暖而生机勃勃的绿叶。新的生命欣欣向荣，说得没错。正在生长的绿色生命散发的喜悦对任何有心人都是显而易见的。它们在阳光雨露下，在园丁倾注的所有关心和善意中，成长并洋溢着灿烂的喜悦。它们能感受并回应你为它们做的每一件事。对于初学园艺的人来说，生长缓慢的德拉蒙德福禄考是最适宜的花卉之一。在它明亮的词典中就没有“失败”这个词。它能从 6 月末一直开到霜降。每天仔细观察，到了 6 月下旬，就能发现它苍白的花蕾探出头来。不久，整张苗床就变成了五光十色的火焰，像一块精心织就的五彩斑斓的地毯。在可爱的蓓蕾里，花瓣层层叠叠，形成美丽的花

《小池塘，阿普尔多尔岛》

布面油画 / 40.6 厘米 × 55.8 厘米 / 1890 年 / 柴尔德·哈萨姆 / 芝加哥艺术学院

序。花朵有五瓣，散发着淡淡的清香；它们簇生在扁平花丛中，有着细腻的天鹅绒般的质地。花朵中央有一个明显的“眼睛”，围绕着珍珠白色的花蕊；“眼睛”随着花朵的颜色而变化。福禄考有各种娇艳欲滴的粉，从最浅的玫瑰色到最深的樱桃色；还有各种深浅不一的红，从明亮的橘红色到浓郁的黑红色——黑武士。还有可能是美不胜收的紫：丁香色、红紫色、蓝紫色。也可能是完美的雪白色：花朵中央的“眼睛”是柔和的绿色，就像雪花莲上的花纹一样。猩红色花朵的中央围着一圈黑红色，精致华美。这种花颜色的种类和混合方式几乎无穷无尽，让人充满惊喜。“奎德林堡之星”[13]是福禄考这一愉快主题的美妙、奇特变种。每片花瓣边缘的中间部分被画出，就像月形天蚕蛾下翼的长尾。花瓣末端的这些“长尾”使得花朵看起来像星星那样有放射状的光线。正如爱默生所言：“问问大自然，为什么它会重复星星的形状。”[14]对花而言，永远是如此重复的。

“偷闲”（乡下人称呼日间休息的迷人说法）时，我在我亲爱的花园里栽种、移植、锄地、耙地、除草、浇水、绑扎以及调整那些需要修整枝条的植物，还要为了它们宝贵的生命持续与敌人的军团战斗。当鸟类向北迁徙时，岛上就陷入了一段非常危险的时期。这些鸟成群结队地飞向大陆，在途中无数次突然从天而降。我清楚它们能在一天之内就把这个小地方的每一株绿芽都夺走，吃得光秃秃的。当这些饥饿的“部落”降临时，只有覆盖整个空间的渔网才能拯救花园。但不管它们怎样考验我，我都不会对这些鸟儿失去耐心。我太爱它们了。它们怎么知道花园不是为它们而种的呢？那些属于画眉[15]族的鸟儿是最淘气的，其他鸟儿不怎么扰乱苗床。不像其他画眉族的鸟儿，友好的知更鸟只是下来吃虫子，这可真是求之不得。其他大多数鸟类，包括食米鸟、王鸟、黄鹂、紫朱雀[16]，以及许多其他不太常见的美丽生物，每年向北或向南迁徙的过程中，只在我们这里停留一小段时间。但是每年夏天，都会有一对王鸟在岛上一棵高大的榆树上筑巢，它们在那里建造一个舒适的茅草窝，养育众多儿女。还有一对最有趣的翠鸟[17]经常在“上湾”出没，一直逗留到很晚才离开。去年夏天，马里兰州的黄喉开始在这里筑巢。有一对美洲鹃[18]在这里逗留了好几个夏天，但最后还是不来了。只有很少的黑鹂[19]来这里筑巢。白喉雀喜欢待到很晚才飞走。也有一些种类的燕子、歌雀和矶鹞一直留在岛上抚育它们的后代。我们多么希望知更鸟也能留下来，还有黄鹂和所有这类可爱的鸟儿！但是岛上没有树为它们遮风挡雨。然而，它们的来来去去是岛上的这个小家庭最感兴趣的。看到一只鲜红色的唐纳雀，或者一只玫瑰胸的蜡嘴雀，抑或其他不常见的美丽鸟儿，我们都会非常兴奋。有一次，6月初，一只铁锈色的画眉鸟飞来，在我们这儿住了一个星期。每天，当它坐在屋脊或烟囱上唱歌时，全家人都会侧身倾听，把这件事当作正事来做。当那动人的旋律从寂静的空中飘出，所有人就什么都不顾了。这是神赐予我们的礼物，我们谁都不能忽视！

睿智的培根勋爵也曾说："花在空气中的气息（香味飘来飘去时，犹如音乐的颤声）远比它在手中时香甜得多，所以没有什么比知道什么花草最能给空气带来香气更让人愉悦的了。"[20]

我的花园里最雅致的香味来自壁花。没有什么的味道比得上它。壁花很早就开花了，一般在6月之前就已凋谢，让我为它们的匆匆离去而哀恸。很奇怪它们为什么没有得到普遍种植，我猜可能是因为它们要到第二年才开花，而等待整整一年需要更多的信心和耐心。与此同时，还要精心照料它们，只有冬雪覆盖时才可以轻松点。但当春天终于到来，姗姗来迟的花朵开放，你那几个月的乏味等待将获得数千倍的报偿。它们对你的照料与关怀报以如此丰盛的花朵和芬芳！它们浓密的天鹅绒般的穗状花呈各种深浅不一的红色，从鲜红色到深棕色，从淡金色到橙色；有些是紫色的。还有它们的气味，那难以形容的气味，犹如紫罗兰、玫瑰、百合花、香豌豆、木犀草、天芥菜以及少许忍冬混合成了一个神奇的整体。据我所知，没有哪种香味能与之媲美。它们的气味是如此馥郁。它飘出花园，飘到各处：屋子里，这里那里，在微风中看不见的云朵里。要让壁花完美地生长，必须以某种方式在它的根部撒上石灰。混合了旧灰泥的堆肥或骨粉能让它生命力旺盛。如果手边没有这些东西，可以把厨房里的肉骨头放在烤箱里烤熟，捣碎，在根部周围的土壤中搅拌一下。如此处理，壁花的力量和美会脱胎换骨。除了壁花，玫瑰、百合、木犀草、康乃馨、吉利花、香豌豆和忍冬花也是芬芳的，其中每月开放的忍冬最为神奇。我从未在任何其他植物中见过如此旺盛的生命力。在我们北方的气候条件下，即使没有任何保护措施，它也能顽强地生长。它爬上我在廊道上设置的棚架，整个夏天都在不时地绽放它奇妙的花簇，每一簇都是美丽的凯旋！盛开的花朵中间扁平，花瓣向边缘弯曲成可爱的线条，犹如天堂的号角编成的花环，向空中吹出芳香的旋律。每一个亮闪闪的白色喇叭在末端相交的中心都颜色加深，变为黄色。每一朵花的唇边都点缀着鲜亮的粉红色。每一簇花都从它细长的喉咙里射出一组长长的雄蕊，就像光的射线一样。整个花环灿烂夺目，给人一种难以形容的喜悦和荣耀：它的样子让人精神振奋，它的气味像浪漫的精灵，甜美如青年温柔的梦。这就是夏天真正的灵魂。

这种美丽的藤蔓植物可以生长在任何地方，任何人只要给予一点机会，它们就会焕发出无与伦比的活力。我好奇为什么不是每个花园都能找到它们。没有什么植物能像忍冬，只要得到微小的关心就能给予巨大的回报。

生命力仅次于忍冬的是香豌豆，在整个漫长的夏天里，它们以各种可爱的色调开放，除了黄色。还有一种叫报春花的植物，它们里层和外层的花瓣都泛着淡淡的金色。我在小花园里种了无数香豌豆，只要花园容纳得下。这种植物需要移栽，因为如果我敢在户外种，我的鸟儿朋友们就不会给我留下哪怕一株幼苗。但这种移栽最令人愉快。我全身心享受用锄头挖出一条 6 英寸深的长沟（用来移栽强壮幼苗）的过程。把幼苗从盒子中拔起，拿的时候小心翼翼地分开每一株幼苗长长的白色根须，将幼苗沿着深深犁沟的底部排成一排，使其根须紧贴深沟底部，不卷曲，不拥挤，然后往土坑里灌一半水，收拢根周围的泥土，用力而温柔地按压固定根部的全部土壤。这样移植过来的幼苗，不会有一片叶子下垂；它们会继续生长，就像什么都没发生过一样，只要能得到足够的水分。当它们伸出纤细的卷须开始往上爬时，农民们会采摘豌豆嫩茎到集市上卖，而我喜欢用棍子给它们支撑。但岛上没有树，所以我要感谢不起眼的宾州杨梅和接骨木，它们的枝条可以充当支架。到远处的岩石之间寻找这些枝条也是一种乐子，需要用一辆轻便的独轮车把它们运到花床。独轮车是在花园里干活时最有用的工具之一。香豌豆的藤蔓会立刻抓住这些细枝，爬到最顶端，它们想要爬得更远。不过，我会把藤蔓的顶端剪掉，这样它们就可以从两边长出枝蔓，并待在应该待的范围内。不久，它们就会形成一道坚实的绿色篱笆。呵，当花朵像长着翅膀的天使般在绿色树篱间绽开，空气中弥漫着它们纯净、清凉的芳香时，我是多么欢欣快乐啊！

我发现种香豌豆的土壤再怎么肥沃也不过分，只要一直保持足够的湿度就好。它们的生长需要有足够的水分，其根部必须保持凉爽和潮湿（用树叶或稻草覆盖是防止它们的根变干的好办法），而且必须尽可能地深植。木灰能让它们更加茁壮地成长。它们的颜色种类繁多，色泽生动细腻，令人惊叹。在大海的映衬下它们最为美丽，对我来说，它们是我持久的快乐源泉。如果每天采摘，充分浇水，它们会在整个夏天永不停歇地盛开，甚至能从秋天一直开放到 11 月。但不能让它们结籽，那样会立刻阻止它们开花。一周又一周，我陶醉于它们的美丽，每隔一天我就会采一大把带回家摆放起来。透明的玻璃花瓶对它们来说最为适宜。我认为，每种颜色的花单独摆放最可爱。“比阿特丽斯公主”品种的香豌豆是美妙绝伦的淡粉色，一种优雅而精致的玫瑰色调。对这种花来说，最好用那种透明的粉色玻璃瓶来插，它们能以神奇的渐变和反射来呼应花的色调。对白色花朵来说，白瓶最相宜，最好是磨砂玻璃，它不透明的表面与花朵的色调相得益彰。

在各种叫得上名字的香豌豆品种中，我所知的最美丽的粉色属于“比阿特丽斯公主”，这种花的颜色是那种最浅的玫瑰色，精美至极。“阿多尼斯”的粉色更深一些，清透、华丽。“橙色王子”是一种很难形容的鲜艳的黄玫瑰色。这些颜色的花朵组合在一起，足以打动灵魂最深处。“无敌胭脂红”有着最鲜艳的红色。“蝴蝶”的淡紫色带着白边儿，与娇嫩的玫瑰色的“比阿特丽斯公主”搭配，美妙而和谐。“布兰奇·费里”[21]也是可爱的玫瑰色。“维多利亚女王”是我所知的最妙的白色。但每年都会有新品种出现，而且越来越漂亮。我们只有不断尝试，才能找到自己喜欢的品种。

我相信我所提到的这些花实至名归，它们是最强壮的生命，是最自由的花，是同类中最美丽的。如果你照顾得当，它们永远不会让你失望。我在我的岛上花园种植的花并不多，但足以让我滔滔不绝地讲个不停！它们大多是我们祖母那一代喜欢的老式

《岛上花园》
纸上水彩 / 44.5 厘米 × 35.6 厘米 / 1892 年 / 柴尔德・哈萨姆
史密森尼学会美国艺术博物馆

花卉。清单上依次是：雪花莲、番红花、黄水仙、水仙、少量的风信子、绵枣儿、一两株英国樱草、郁金香以及其他一些开花早的植物，一大株红牡丹、耧斗菜、仙翁花[22]、矢车菊、玫瑰、百合、飞燕草、粉色康乃馨、吉利花、须苞石竹、壁花、勿忘我、单瓣型大丽花、各个品种的向日葵、各种颜色的蜀葵、难以计数的罂粟花、各种色调的旱金莲、金盏花、各种夏季菊花、毛剪秋罗或天堂玫瑰、三色堇、福禄考、香豌豆、木犀草、红花亚麻、高大的蓝色（美妙的蓝色！）多年生亚麻、多种金鸡菊（都是最有价值和最有装饰效果的），还有紫菀、忍冬、铁线莲、牵牛花、薰衣草、毛地黄、屈曲花、马鞭草、山牵牛、钓钟柳、天蓝色的牵牛花、白色的矮牵牛花（它们在月光下是那么美丽）、几株紫茉莉，等等。对于一个洋溢着欢乐的小花园来说，这些花足够了。此外还有一些现代植物：来自日本的金色百合、玫瑰色百合以及明亮的白花金心的银莲花，一两株块根栽种的秋海棠，一些天人菊和百日草，小而芬芳的车叶草，以及其他一些植物。在这些新植物的品种中，最有趣的是蓝色胡格利亚花，它有一英尺半高，长着分叉的毛茸茸的叶子，一簇簇扁平的花朵是盈盈欲滴的浅蓝色。这种花自带氛围，有一种难以形容的美。

第三章

在经历了昨天的喧嚣之后，此刻的早晨多么美妙，是那样蔚蓝而宁静！遥远海岸的欢乐山丘似乎正在阳光下欢笑，大海也在微笑着荡漾。

5月，我在花园里抄写了几天的工作笔记，只是为了勾勒出各种花草的特点，以及在这块小小的土地上要干的各种活计。

5月11日。早晨4点钟，东方的天空泛着一抹红晕，海面平静如镜。对我来说，等着太阳在朦胧的海平面上升起鲜红的小边是不可能的（尽管它在4点47分准时升起），因为我宝贵的花床正等着我呢！在太阳的荣光照射大地之前，我就起来穿好了衣服。“一条笔直的黄金之路。”[1]我一边说一边凝视着大海中那条金光闪闪的流动线条。我要把室内窗台上所有装着娇嫩花苗的盒子和篮子都拿出来，放在屋顶和阳台上，给它们和香豌豆丛浇透水，用纸给三色堇遮阴，免得太阳把它们晒伤了。

5点钟，家里就开始忙碌起来，我得抽空写一两封信，然后6点前要吃早饭，6点30分我就到室外干活了。我感到自己身处广袤的寂静之中，大海如此平静，连它的呼吸声都听不见。刚刚

《清晨，肖尔斯群岛》

布面油画 / 41.2 厘米 × 56.5 厘米 / 1890 年 / 柴尔德・哈萨姆 / 北卡罗琳娜美术馆

苏醒的世界多么动人：凝结的露珠，甘甜清冽的空气，长长的寂静的影子。最近几日，天气和暖，草色渐浓，早间的阴影投在上面，带来难以形容的丰富色调。有太多的事情需要我去做，都不知从何着手。房子东边昨天刚种的三色堇花床一片欣欣向荣，每一株小苗都高高兴兴地挺立着。我从通往花园的台阶两边的花架开始放花苗，首先是电灯花[2]，右边摆一格，左边摆一格——此时它们已经是强壮的花苗，之前我已经在室内培育了它们几周，直到天气变得足够温暖，可以放心地把它们放在户外。它们有一英尺高，向四面八方伸展着敏感的卷须，想找点东西支撑自己。它们会立刻抓紧花架，每一片叶子似乎都迎着温暖的阳光展开。我会在它们的根部浇上凉水和水肥，以此祝贺它们逃到户外的土地上。在它们旁边，靠着同样的花架，我放了两株“路西法”，一种鲜红可爱的旱金莲新品种，好让它们一起爬过宽阔的拱门。不久前，我还在那里种了一些墨西哥牵牛花[3]，是一位不认识的朋友送来的。等它们长出来，电灯花、旱金莲和牵牛花一起攀缘而上，与忍冬、紫藤和野黄瓜交织在一起，我的门廊就会变成美丽的凉亭！靠着墙和篱笆我还种了一丛壮实的单瓣型大丽花，它们从去年 1 月一直长到现在。一种叫“里昂之星”的大丽花新品种吸引了我，我迫切地想知道它们的模样、颜色和形状。这就是种花的乐趣，总是能发现新的品种和组合，总是能从不熟悉的花卉中发现新的惊喜。在我最小的花床中，我移栽了新品种的红色高山罂粟[4]，这是一种玫瑰色的冰岛罂粟。我热切地注视着它们成长，等待着它们开花！我把8个装满这种花苗的蛋壳放入花床，小心地给它们浇水。接着，我在那些已经长得很高、花苞累累的壁花旁边种下了一排小的壁花花苗。如果成功的话，整个夏天我都会有鲜花源源不断地开放。

在另一张花床上，我移栽了少许精选出的香豌豆，这是一种新品种，它们从顶端到根部已经有一英尺长。我无法用言语形容这是多么愉快的工作！等到把香豌豆都栽好，我会用轻薄的蚊帐将整张花床覆盖，四角钉牢，并用木棍和石头压住它的边缘。这样，调皮的鸟雀就无机可乘了；它们落在篱笆栏杆上，饶有兴趣地注视着我忙活的整个过程。在宜人的天气里，在有益健康的褐色土地上劳作，是件多么美好的事情啊！就在香豌豆旁边，可以看到强壮的白百合纷纷冒出头来，已经有一英尺高了，后面是美丽而耐寒的飞燕草。可以想见，不久之后这里将开出许许多多白色、金色和天蓝色的花朵。

在宁静的早晨，有时我正安安静静地干活，突然听到潜鸟[5]响亮而清晰的叫声打破寂静，一抬头就能看到它们在码头尽头带

《花园》

纸上水彩 / 50.5 厘米 × 35.3 厘米 / 1892 年 / 柴尔德·哈萨姆 / 私人收藏

着明亮的反光来回游动，不停地抓鱼，过着最快活的时光。它们时不时地从水里探出半个身子，拍打着翅膀，强壮翅膀上的一排排羽毛闪着耀眼的白光，同时发出狂野而奇异的笑声。我知道，这意味着暴风雨即将到来。但是我喜欢听它们的声响，并衷心地感谢在这个受庇佑的岛上没有人带枪！那些潜鸟很清楚这一点，否则它们不会冒险在清晨落到离人这么近的地方大声鸣叫。

我周围的土地都被我弄得湿漉漉的。突然一只红胸的家燕飞下来，落在近旁。真是个美人儿！我们的关系如此美好，所以它捡了一小撮泥土在谷仓的椽子上筑巢时，一点儿也不介意我，然后就乘着风低低地飞走了。家燕们不像我的近邻白胸燕[6]那样经常造访我的小花园。

一天之中光线不断变化，从清晨微妙、清新的色彩逐渐过渡到正午的白光。到12点时，风已经完成从西到南的旅程，转而在东方盘旋，在透明的水面上吹起无数涟漪，海水的颜色变深，犹如闪闪发光的蓝宝石。最后，阳光如水银般倾泻在水面上，接着就是晚餐时间了。休息一小时后，我又开始工作。这里那里，到处都有活要干。我把散布的棘囊瓜藤挖出来，让它们靠在房子的墙边，这样它们就可以爬上四周的棚架为人提供阴凉。几株散漫的报春花等着被移到栅栏外——它们占地太多，而花园的空间弥足珍贵。还得把迷人的、老派的蓝香芥的幼苗从它们四处蔓延的各个角落收集起来，然后找个地方一丛丛地种好。还有一盒别人送给我的白色“勿忘我”，我得把它们安顿在合适的地方。

下午行将结束时，我在花园外面西南方的大斜坡上种满了雪莉罂粟。我一直在种雪莉罂粟！永远都不会觉得太多。每隔一周种一次，不久之后就可以保证它们连续开放，并且使它们的花季保持得更久。这样，在漫长的夏日，人们就能持续地享受它们超凡的美丽。然而，如果你把它们一次性种下去，就只能短暂地欣赏它们绽放的盛况，一个星期或最多 10 天它们就凋谢了。在 1893 年这美好的一年，我已经种下不少雪莉罂粟，并将持续栽种到 6 月中旬，算起来一共不少于“两盎司”[7]种子。当我们意识到这些种子小得肉眼几乎无法看清时，就能体会这一重量意味着多少种子了。

5 月 12 日。又是阳光明媚的一天。黎明时分，我看着纤细、苍白的月牙儿穿越 5 月的薄雾，悄悄地从东方升起。这种薄雾是 5 月特有的，它的颜色极为雅致，像干玫瑰，直到太阳从海平面跃出，把它映得通红。6 点刚过，我又在花园里发现麻雀正忙着在斜坡上跳上跳下挖洞，吞食着我昨天种下的罂粟。它们究竟是怎样看见种子的？又为什么要费劲去享用这么小的东西？为什么它们不像《可怜的皮利柯迪》[8]建议的那样，因为吃下这种剂量的鸦片而死去呢？我无法理解。没有什么好办法对付这些鸟，只能重新种，然后在带露珠的草地上下架设长长的木板盖住斜坡以保护种子。

首先，在阳光充足的花床上栽种一些小茶香月季，撒上精心筛过的肥料、煤灰和少量木灰。在这里，我得说，整个春天从耐寒的大马士革红玫瑰和雅克米诺将军月季等花卉刚展开它们的叶芽开始，就应该给所有的玫瑰丛撒上厚厚一层筛过的木灰（这个计划近乎完美），可以在刚下过雨或者刚刚喷洒花丛之后这么做。让木灰在叶子上停留几个小时（如果没有太阳，我会保留半天），但是之后必须仔细地洗掉木灰的每一处痕迹，否则它会毁坏叶子。这样做能杀死或阻止各种害虫，而且掉在根部周围土壤上的木灰对玫瑰的成长格外有益。

我心满意足地坐在小花床边，小心地把可爱的塞勒恩玫瑰、凯瑟琳・梅尔美玫瑰[9]、黄色日落玫瑰及其他花苗从它们所在的罐子里移出来，轻轻地固定在土壤中，用大量的水将它们浇透。这时，一阵美妙的香气袭来，是左边花床上栽种的白色香堇发出的，这是世界上最坚强、最忠实、最友好的小花。我在遮起来的花床里发现两朵多花蔷薇，它们在这里度过了整个冬天，这可真是一个迷人的发现！花床后面长着一株高大的雅克米诺月季、一株黑色的托斯卡纳玫瑰，还有一株粗壮的白玫瑰——来自日本的品种，能开出相当丰硕的花朵。这种日本玫瑰非常珍贵，但很容易获得，而且非常耐寒，几乎坚不可摧，完全不会被任何疾病或害虫侵扰。它的叶子总是新鲜而挺拔，它的种壳是硕大的猩红色圆球，有常见的海棠果那么大，花朵凋谢之后仍然极具观赏性。但那株古老的黑色托斯卡纳玫瑰才是一切之中最宝贵的。我的这株来自一个很久以前消失的古代花园，曾经是它所在城镇的荣耀。这种玫瑰也非常耐寒，深红的颜色近乎黑色——那种红色不像猩红色那么暗，很温暖，散发着一种幽幽的光彩——只有两层花瓣，围绕着丰腴的金色花心。花床的尽头是一株漂浮在盆中的水葫芦。它旁边的另一个盆里是一株巨大的粉色睡莲，从去年夏天开始就被放在防冻地窖中保存，如今已经伸出可爱的叶子——如此美丽的深红色叶子，几乎与花朵本身一样赏心悦目。这一天剩下的时间我都花在移栽紫菀上了，把它们从盒子中移入花园各处的花床上，几乎布满了每张花床的边缘。这样一来，当罂粟和其他开花较早的一年生植物转瞬即逝的盛放落幕时，仍然会有美丽的色彩在夏末和秋天可供观赏。

《夏末蜀葵》
纸上水彩 / 44.5 厘米 × 28.9 厘米 / 1892 年 / 柴尔德 · 哈萨姆
私人收藏 / 纽约赫希尔 · 阿德勒画廊

到了下午，我叫人把一盒盒香豌豆苗搬到廊道上准备移栽。但是因为想到麻雀，我就用蚊帐小心地把每盒香豌豆苗都盖好，这样才敢留它们在户外过夜。

14 日。星期天。狂风暴雨，正是潜鸟预言的暴风雨。吃早饭的时候，同样爱种花的弟弟对我说："唉，我的香豌豆苗都不见了！""呀，"我充满同情地喊道，"它们怎么了？"他种了 6 磅[10]多香豌豆籽，它们的苗都长得很好。"麻雀。"他言简意赅地说。我飞快地跑到廊道上去看我的盒子，它们还算安全，只是网上破了一个小洞，一只小鸟正在那里挣扎着把小苗拽出来，在台阶上扔得到处都是。但我弟弟花园里的排排长垄，昨晚还是那么绿，现在却光秃秃的，只有断茎枯叶。唉，那么大的地方要盖上网子也实在麻烦，他想这次就碰碰运气或者听天由命吧，于是有了这个致命的结果。现在他得重新播种了。即使我把自己的苗盒分给他，他的花园的花季也会大大推迟。这一次，他一定不会忘了用网子盖住所有的地方。我坐在能避雨的廊道观察鸟儿。它们不顾暴风雨，欢快地在花园里蹦蹦跳跳，在台阶上跳来跳去，检查所有包起来的香豌豆盒子，希望自己能进去，但发现这是不可能的，就只好放弃，听天由命了。它们来来回回地走动，窥视着每一个角落，不辞辛劳地检查所有树叶、木棍、木板和麦秆的后面，忙着啄食什么东西。我走近一些，想看看究竟是怎么回事。令我大喜的是，我发现它们吃的竟然是蛞蝓，雨水把这些虫子从藏身之处召唤出来。这些鸟正在对一地虫子进行彻底“围剿”。看到这喜人的场景，我当场宽恕了它们以前对我犯下的所有过错。

15 日。清晨，浓雾笼罩了整个世界。到了 8 点钟，云雾翻滚涌动，堆积在海岸的壮丽岬角上，在阳光下闪着雪白的光芒。在远处的船帆和岛屿上，到处闪烁着细细的银色条纹，这些银光徘徊晃动，仿佛舍不得离开大地飞向天空。我带上之前间苗时挖出的幼苗，划着一条小船到附近的小岛上，把它们送给邻居，他们可以将其种在自己的花圃里。赠予和接受的快乐是伟大的。经历了昨天的喧嚣之后，此刻的早晨多么美妙，是那样蔚蓝而宁静！遥远海岸的欢乐山丘似乎正在阳光下欢笑，大海也在微笑着荡漾。

从岛屿较低的海岸那里传来鸟儿在平静水面上鸣唱的声响，凸显了一种难以名状的安静与和平。当我划船进入目的地的小海湾，经过名为“马拉加”的小岛的海岸时，我看到岩石间可爱的野草已经开花，天空映衬出它们的轮廓。一只王鸟坐在大圆石上沉思。这里没有树，它只好在石头上将就了。我从它身边经过，近得几乎可以用桨去碰它，可是它没动，一动都没动！我完成了差事，分发了植物，又赶回我亲爱的小园地；沿着我所走过的所有小径，挖出杂草、车前草、锦葵、猫薄荷、三叶草等每一根不受欢迎的根，再一次耙地，把它弄得干干净净的。在外面一张单独的花床上，我种了 4 盆菊花，准备在初冬时把它们移到室内的窗台上。廊道上到处都是等着被照料、修剪、移栽的室内植物，土壤也需要施肥，预备植物在冬天开花。我每天都要照顾它们，只是一次只能照料一些。我要在花园里播种、除草、浇水、移栽等等，实在抽不出更多时间。不过，这些活儿很快就能做完。

接下来，我就开始把几百株香豌豆苗移栽到地里，小心翼翼地用宽大而轻便的蚊帐将每张花床覆盖，防止麻雀入侵。我忙着干活时，听到了杓鹬甜美的叫声，抬头一看，只见 6 只杓鹬正在我头顶盘旋。真是善解人意的鸟儿啊！它们对我逗鸟的声音做出回应，仿佛我也是它们的一员。只要它们的呼唤得到回应，它们就会在附近逗留，可是一旦被忘记，它们就会乘风而去，清亮的鸣叫声越来越微弱，消失在远方。今天剩下的时间我都用来移栽香豌豆了，恐怕至少还得再花上一整天的时间才能干完，因为我把篱笆里面外面所有能腾出来的地方都种上了香豌豆。喝完下午茶，我像往常一样对付蛞蝓，撒上木灰和石灰对付它们。我的蟾蜍朋友们也确实帮了大忙，减少了蛞蝓那可怕的数目，到目前为止，它们肯定比去年少了。4月初，我在一个角落用力锄地时，挖出一只大蟾蜍，这让我十分欣喜：它安然越冬，无疑整个秋天都以蛞蝓为食。我真想当场亲吻它！我很小心地把它放在一大片鲜嫩的绿色耧斗菜中间。漫长的冬眠过后，它实际上还半睡半醒，但还活着，而且很健康。稍后我去看它的时候，瞧，它已经爬走了，或许是想钻进泥土里再小憩一会儿，等太阳再强烈一点时出来。

让我们非常高兴的是，我们去年引入的青蛙也活了下来。我们满心欢喜地听着它们悦耳动听的声音在空中荡漾开来。之前它们没有在这里过过冬，我们担心附近这么多咸水可能会对它们有害，但今年它们活了下来，而且可能永远在这里安家。

5月20日。在过去的几天，我一直忙于移栽幼苗和奋力除草。最近5天香豌豆已经长得很高，我不得不去给它们寻找合适的棍子用于支撑。我推着我的轻便手推车翻过小山，横穿岛屿向南部走去，那里有废弃老地窖和房屋的残墙，还依稀残留着一丝花园的痕迹，茂密的宾州杨梅和接骨木就长在那里，可以提供我需要的所有枝杈。这可真是一件乐事！一路走过的狭窄小径是如此美丽，夹道长着各种为亲爱的生活而盛开的花朵：有可爱的唐棣灌木丛，它们是“新娘白”那种纯白色；有娇艳欲滴的红樱桃花，它们跟山楂花很像，所以经常被弄混；还有粉红色的苦莓，以及常见的野樱桃（它似乎吸引了这里大部分的毛毛虫）。黑莓、覆盆子、醋栗、野生浆果、冬莓[11]、绣线菊以及许多我不认识的灌木，正开得花团锦簇。鲜艳的金黄色猪牙花[12]、狗牙堇在微风中起舞。颜色柔和的硕大银莲花，现在花期将尽。斜坡上有珍珠般明亮的小米草、低矮而芳香的白色紫罗兰、稻草色的沿阶草。“所罗门的印章”[13]开出犹如象牙的白色尖刺状花朵。繁星点点的三棱草也刚刚开花。还有在阴凉的岩石缝里生长的一丛丛蕨类植物——我从中采集了几丛，准备在廊道的阴凉处栽种。要把我见到的花一一提及，需要太长时间了。但有一种我必须提到：在岛上西南部的一个小海湾上部（那里曾经是100多年前的老定居点最中心的地方），漂亮的地上鳃[14]将大地染成蓝色，它迷人的花朵覆盖在绿色草地上，在松散的石头间开出可爱古朴的小花——花朵上两种深浅不同的蓝色点缀着浓郁的红紫色斑点。这时距离紫繁缕开花还很远，但是老鹳草家族中最小的一株粉红色的“罗伯特草”[15]已经开花。我看见一丛丛一英尺多高的金棒草正准备迎接秋天的到来。要把我看到的和钟爱的一切都讲出来，得花一整天的时间。哦，绿色、棕色和金色的苔藓，一路上那些可爱的低矮植物。哦，歌唱的鸟儿，还有沿着海岸涌动的喃喃细语的海浪！甜美的天空，柔和的云朵，远处的风帆，夏日清晨满满的欢乐，谁能说得清这一切呢？我高兴地推着装满树枝的手推车回家，树枝堆得高高的都快要倒了，最后一股脑儿倒在花园门口。我花了整整一下午的时间用它们架起香豌豆苗，我很享受这个过程。在把这些又干又脆的枝条插进土里之前，我用一把小而轻的锄头把香豌豆苗周围的泥土全部翻了一遍，把繁缕、三叶草、猪草和狗茴香[16]连根拔起，直到它们周围没有一根杂草。夜幕降临时，我刚好完成了这项令人愉快的工作。

21日。整天在烈日下除草，工作很辛苦，但很愉快。我发现最好的办法是在我要除草的地方旁边放两块木板，在上面铺一块防水布或者地毯，然后跪着或斜倚在上面，让我的脸尽可能靠近我劳作的地方。我平坐在木板上，把够得着的地方的杂草都除净，然后卷起一块和熨斗架差不多大小的地毯，放在我已经清理过的地方，我把胳膊肘支在上面，这样我就可以腾出另一只手除草。如此这般，直到干完所有的活。而且，我的胳膊肘也可以在有需要的时候在花丛间四处移动。我花在除草上的时间比大多数人都长，因为我会做得很彻底。清理美丽的棕色土壤，让它变得平整而柔软，清除那些野蛮的杂草，留下美丽的翠绿罂粟、飞燕草、粉色康乃馨、紫菀等，让它们不受干扰地生长，多么令人愉快和满足啊！现在，炎热的夏季即将到来，万物都在快速生长、扩张，必须马上开始修剪这些过于茂盛的植物。哦，现在白天的长度几乎是之前的两倍！这些天似乎是一年当中白天时间最长的日子。

22日。又一个炎热的晴天。太阳把我逼到阴凉处干活，在廊道的室内植物中间工作。天气很热，到处是明晃晃的阳光，外面花园里的植物开始渴望下雨。下午太阳西沉时，我坐在阴凉处，在走廊拧开浇水软管，用洒水喷头将整个花园浇了一遍。啊，多么欢快！土地和叶子散发出芬芳，嫩绿的枝叶上滴着晶莹的水珠，所有植物都在感激地进行清爽的沐浴并汲取水分！华美的红色壁花散发出缕缕清新的香味，光彩照人的冰岛罂粟弯下它们可爱的头，在这愉快的淋浴并高兴地摇摆着。但雨是必需的，它能滋润土地，流到树根，给万物带来新的生命。

23日。又一个炎热、安静、阳光灿烂的日子。我花了一上午的时间，把木桩钉在蜀葵、向日葵、飞燕草、百合花、玫瑰、大丽花和所有长高的植物旁边。许多植株已经高到可以系在木桩上——不久就都可以了。靠近廊道角落里的那株巨大红色蜀葵比去年长高了13英尺。哦，它太棒了！夜晚，从窗户透出来的

《蜀葵，肖尔斯群岛》

布面油画 / 45.1 厘米 × 55.9 厘米 / 1902 年 / 柴尔德·哈萨姆 / 私人收藏

灯光透过枝繁叶茂的藤蔓照亮了它的身影，它在风中摇曳生姿，犹如华美而堂皇的纪念柱。一株黑红相间的蜀葵倚在它身上，并将自己浓郁的花朵与它更为鲜艳的色彩混在一起。在它旁边开着一簇簇玫瑰色、粉红色、樱桃色和白色的花朵，看起来十分可爱。

整个下午我都在给植物除草和间苗。花园外面西南方的那个斜坡上开满了鲜花——没有杂草，因为我已经征服了它们。但要想拔掉足够多的花苗来给剩下的腾出空间几乎是不可能的。我一次又一次地间苗，但最终还是得让它们听天由命，让这里成为“适者生存”法则的实例。

24 日。前一天晚上，在高高兴兴地给花园浇水之后，我因为担心蛞蝓而睡不着觉。我很少在晚上给花浇水，因为湿气会把蛞蝓引出来，它们会在我最珍爱的“孩子们”身上大吃大喝一整夜。睡觉前，我去花园周围检查了一圈。唉，我发现它们纷纷爬到了香豌豆上。蛞蝓幼虫这种小生物覆盖在香豌豆的嫩叶，甚至干的支架上，密集得如同沙粒。我绝望了，尽管知道它们不害怕木灰，我还是拿起细筛，在香豌豆、支架、蛞蝓和所有东西上都撒上了厚厚的、令人窒息的木灰。然后，我满心忧虑地离开它们上床睡觉，可是无法入睡，心中还是想着它们。到了 12 点钟，我自言自语道：你知道，就算把世界上所有的木灰都倒在上面，蛞蝓也毫不在乎，但友好的蟾蜍可能会因此被拒之门外。另外，谁知道这么捂着是否会把宝贵的香豌豆苗也闷死呢？我无法再忍受这些念头，起身穿上长袍，走到湿漉漉的黑暗户外，拿起浇水的软管绕在肩膀上，走到花园最远的角落，在暗黑的午夜冲洗掉每一粒木灰，这才安心回屋睡觉。

这是蛞蝓最让人焦虑的时候。现在，每天早晨 4 点一起床，我就立即赶到花园里，跟这些虫子一直拼杀到 5 点 30 分，才停下来去吃早饭。如果天气晴朗，天亮时它们都会躲起来，因为它们害怕阳光的照射。但在灰蒙蒙、湿漉漉的清晨，它们会欢欣鼓舞地出动。对我来说，这是园艺活计中最难的部分。我高兴的是，只有不到千分之一的人会面对蛞蝓的困扰。要消灭它们是如此困难！它们有庞大的军团，其数量让人感到很无助。看到自己最珍爱的宝贝被啃得残破不堪，而且所有东西都面临毁灭的威胁，这确实是一种考验。我拿着装满了风干石灰的大胡椒盒在蛞蝓上面摇，到处都撒上石灰。今年的蛞蝓因为太小而都被消灭，它们变成乳白色，悲惨地死去，但到了第二天早上，又会有更多的蛞蝓。我仍然耐心地坚持着，小心地把石灰洗掉，生怕它会伤害植物，还直接用手杀死害虫中的所有大怪物。

在吉尔伯特·怀特那本古老而迷人的《塞耳彭自然史》[17]中，我发现他这样形容我的宿敌："那些未被注意的、被称为蛞蝓的无壳小蜗牛，悄无声息地就给田地和花园造成了惊人的破坏。"他在一条注释中补充道："诺顿农场的农民杨氏说，今年（1777年）春天，他家大约4英亩[18]的小麦田被蛞蝓完全毁掉。这些虫子簇拥在庄稼的叶片上，常常是叶子一长出来就被吞吃光了。"

可怜的农民杨氏！我对他和他长久以来的烦恼深表同情！

怀特还说："那些被称为蛞蝓的无壳蜗牛在气候相对温和的地方，整个冬天都在活动，对花园植物造成巨大的破坏，并伤害绿色的小麦苗。"

曾经有一段快乐的时光，那时我的岛上还没有蛞蝓这种东西。我清楚地记得，第一批蛞蝓是从远方的温室引入的一些月光花带来的。我看见它们粘在花盆外面，但没有杀死它们，没有想到它们会变成如此邪恶的力量！

25日。花园一天天变得越来越有趣，越来越迷人。充满希望的蓓蕾出现在2月份才播种的单瓣型大丽花上，也出现在多年生的蔷薇丛和高大的白色百合花上。蜀葵密匝匝的花蕾含苞待放，所有飞燕草的枝头都长出茂盛的花穗。至于玫瑰，它们简直太美妙了。茶香玫瑰花苞累累。我数了一下，在一株整个冬天都生活在地里的多花蔷薇[19]上有52个花蕾，这是一株还不到一英尺高的小灌木。蓝香芥四处开花，散发着令人愉快的芬芳。

现在到了为玛格丽特康乃馨担惊受怕的日子。从3月1日起，我就一直在爱护、照料它们。这些美丽的植物健康、有活力，马上就要开花了。可是，唉，一两天前我看到它们的叶子变黄了，我很清楚那意味着什么。那种病态的颜色是它们发出的求救信号。现在只有一件事可做。这天早晨，我双膝跪地，把脸贴近地面，拨开每株植物中间的嫩芽。往下扯，狠心扯下一段残忍的长度，深入每根宝贵茎秆的核心，不情愿地寻找我一直在搜寻的可憎之物，即一种又短又胖又活泼的白色蠕虫。我用一根大头针的针尖探查并把它们戳出来，手边还准备了少量酒精，我立刻把这种虫子扔进酒精瓶，将其彻底消灭。我消灭了40多只这种可恶的东西，让那些受损的粉色康乃馨在经历那么可怕的事情之后，可以得到休息和恢复，如果它们还可以的话。这些可怜的花儿！这些虫子似乎是为所有芬芳的粉色康乃馨而生的。根据我的经验，它们从不攻击其他花草。我真想知道，它们究竟是怎么知道康乃馨种在哪里，什么时候可以来吃的。我曾引以为傲的粉色康乃馨的美丽花床，那里是多么破败的景象啊：植株矮小、泛黄，被咬下的叶子散落一地。但是它们会长出侧枝，耐心地努力实现上天对它们的旨意——从最细小的根尖到每一片残破叶子的末梢，都清楚显明了这种旨意。几乎所有生长的生命都会遭遇灾难和挫折，既引人同情又让人惊叹。如果它们遭遇枝干萎缩、花苞掉落或失去活力等不幸，一旦病因消除，它们就将尽量修复损伤，发出新芽，竭尽全力收复失地，并如大自然所愿的那样依旧完美如初地开花和结果。它们带给我们很多启示，我常常这么想。

6月3日。这是激动人心的一天，因为我一周前订购的睡莲到了，它们被装在一个神秘、潮湿的盒子里漂洋过海而来！我已经为它们准备好水桶，在每个水桶的底部放上“充分腐烂的肥料”，然后把这些肥沃的土壤和沙子按适当的比例混合。这些水桶，更确切地说是高大的黄油桶，在花园里那个阳光最充足、遮挡最好的花床边各就各位。啊，打开盒子真是让人愉悦，发现每一件不熟悉的宝贝都被小心翼翼地包裹在潮湿的苔藓中，外面还包着油纸以保持湿润，并各自标着它们迷人的名字：巨大的粉红色埃及睡莲，桑给巴尔紫睡莲和同种类的红色睡莲，金黄色的克罗马蒂拉睡莲，纯白色的非洲品种和小一点的本地白睡莲，还有黄色的水金英。除了这些，还有一种叫作“鹦鹉的羽毛”[20]的小巧而精致的植物，它会在水面上到处蔓延，有着美妙艳丽的金属质感的绿色，犹如漂亮的绿鹦鹉的羽毛。有了它们，再加上我在台阶上的桶里种的已经长得很茂盛的水葫芦，以及鲜艳的粉红色的“科德角百合”[21]，我一共有了10桶水生植物——真是一个让人激动得透不过气来的大家族！我可不能忘记另一个桶里已经发芽的睡莲，对它们我以同样强烈的兴趣照看着。我花了差不多一整天的时间，快乐地把这些睡莲全部种到肥沃的湿泥里，将它们安顿在舒适的地方。我把不同时间捡来的几只马蹄铁放在睡莲根部，暂时将它们固定住。与此同时，我轻轻地往桶里灌满水，欣喜地看到可爱的叶子漂浮在水面上，清新又自在。然后，我在它们周围的泥土上撒了一些干净的沙子，差不多一英寸或稍厚一点，这样就可以把泥土压住，保持水的清澈。全部工作都完成了。

期待着欣赏和照料这些新朋友，是多么令人高兴啊！可是我不禁在想会有什么敌人来攻击这些植物呢？肯定有什么东西天生就是来毁坏它们的，而我必须与之战斗！这个花园里的每一株植物都有它的敌人和破坏者，如果谁只有一个，那就算走运了。就在这时，一只胆大的鼻烟色小蜘蛛从草丛里钻出来，紧紧缠住房子周围的嫩枝，盖住了野黄瓜与牵牛花多汁的叶子和茎秆，甚至是旱金莲和矢车菊，密密麻麻的蛛丝导致人们完全看不见这些植物。蛛丝就像一只棕色的手套覆盖在每一片叶子上，而蜘蛛会吸干每一滴汁液，让叶子完全变白。蜘蛛对香豌豆是致命的，因为它们特别喜欢吃香豌豆。据我所知，没有毒药能对它们有丝毫作用。唯一有用的是水，打开水管用激流冲击，可以暂时把它们洗掉。然而，一天要这样重复许多次，因为它们从湿透的状态中恢复过来后，会以新的活力继续搞破坏。幸运的是，它们不像蛞蝓那样永远存在；不到 6 个星期后它们就走了。但在它们逗留期间，可真够我忙的。

我不得不花大量时间追捕和消灭各种虫子与蠕虫。蓝绿色的蚜虫会出现在某些珍贵的忍冬花蕾上，在它们站稳脚跟并四处散布那可怕的军团之前，必须用冷杉油大力喷洒。还有那种活跃的虫子，它们把玫瑰叶子捆在一起狼吞虎咽地吃掉，然后藏在里面的网里，我要找到它们并将它们碾死；而白色的蓟马爱吃毛茛，它们躲在毛茛和其他植物叶子的背面，必须在它们变得强壮、大胆，敢于以邪恶的方式挑战我之前就对付它们。一场古怪的“瘟疫”（如果可以这样称呼它的话），正以美味的可食用蘑菇（鸡腿菇）的形式降临这个小花园。到处都是这种蘑菇，它们以缓慢的力量隆起到地面并把我的花草挤成一堆，漂亮的、象牙白色的长长伞形头插在一英尺长的蘑菇茎上，比花床上大多数植物的幼苗还要高。但是它们一出现就会被人们摘走吃掉，所以不算是很大的考验，尽管我宁愿它们不要来打扰我可爱的花儿。

第四章

日出时站在花床前看着花儿苏醒，是一种天堂般的快乐。当第一缕长而低的阳光照射到花蕾时，你知道它们接收到了信号！

花园的布局应该考虑空间的经济性，因为这里只有很小的空间可以使用。如果一个人不熟悉各种植物的生长习性，他就很难使它们有效地生长，也很难使它们不相互干扰。例如，在大多数情况下，高大的植物应背靠墙壁和栅栏等，较低的植物品种应放在前面一点。如果一个人把马鞭草和拟金盏菊属[1]植物种在向日葵与蜀葵中间，甚至是在鸦片罂粟和矢车菊中间，那就看不见马鞭草和拟金盏菊属的植物了，因为它们的习性是匍匐在地面上生长，而高大的植物会将它们完全遮盖，使它们无法获得生存必需的阳光和空气，这很可能会导致它们死亡。然而，这些低矮的匍匐植物对那些期望花期绵延不绝的人非常有用。我在粉色康乃馨、壁花和其他类似的密植型花卉中间种了三色堇、马鞭草、德拉蒙德福禄考等。这样，当那些高大而苗条的植物花期结束后，其他植物会持续给大地披上美丽的色彩，它们能一直开到霜冻。

毫无疑问，攀爬的藤蔓植物不应该被安置在没有任何东西可供攀缘的地方。如果那样做了，实在是很残忍。凡是需要支架的植物都应该给它支架。人们可以毫不费力地获得无数可爱的藤蔓，它们清新、美丽和优雅，似乎天生适宜装饰人们的住宅。对于品种众多且花朵有许多形状和颜色的开花铁线莲，还有无数的忍冬、紫藤、西番莲、牵牛花、啤酒花、烟斗藤[2]、电灯花、香忍冬和其他很多植物——还没算最美丽、最有装饰性的香豌豆和旱金莲——如果你给予它们必需的支持，就可以获得双倍的回报。然而就旱金莲而言，它们似乎有着无穷的善良天性，随时准备适应各种生存条件（也许除了生活在沼泽里之外），所以是否有可以攀爬的东西对它们来说不是特别重要。你可以把它们安置在你想要覆盖的某块岩石附近，或者让它们沿着其他植物都不愿生长的斜坡迤逦下去，它们会给这些地方披上野性而美丽的繁茂绿叶和耀眼的花朵。

写一本关于一个只有 50 英尺长、15 英尺宽的小花园的书，似乎很奇怪！但正如一位朋友的良言所说，“它向上延展”，它在面积上的不足被它所产生的巨大喜悦，以及它对“人的精神”[3]的振奋、提升所弥补。

我为这个方寸之地制订了一个计划，想要展示如何在有限的一隅尽可能取得更多成果，并给出在小空间如何分组搭配植物的有益方法。我没有地方试验如何布置岩石、建立花带，以及其他诸如此类的事情；即使拥有世界上所有的地方，我也不会做那样的事情。因为对我来说，理想的花园就是一个小巧的老式花园，在那里花儿聚在一起赞美造物主，并教导所有看到它们的人也那样做。

整个4月和5月，只要天气不是完全不能干活，我就会在花园中忙活。6月的大部分时间也是如此。在这么小的一块土地上能找到这么多的活儿，真是令人惊奇。但到了6月的后两周，我就可以从这些艰苦而愉快的工作中喘口气，稍稍休息一下了。在这个间歇，我可以有沉思的时间。早晨，我可以在廊道的阴凉下找张吊床，在那儿我的视线可以穿越快乐的花床眺望远方，让这甜蜜的时光深深沉入我的心里。越过花床，我俯瞰岛上的斜坡，再眺望大海，最终体会到了这一切——生长的狂喜，还有那覆盖着大地的深浅不一的动人绿色，那是野玫瑰、宾州杨梅、绣线菊、唐棣、接骨木以及许多其他植物的身影。

它们是多么美丽啊！这些长满青草的岩石斜坡渐渐向大海延伸，到处都有一丛丛高大的、开花的野草在微风中轻轻摇曳，映衬着平静的淡蓝色海水！草丛中还逗留着几株幽灵般的蒲公

《门口眺望》
纸上水彩 / 54 厘米 × 43.8 厘米 / 1892 年 / 柴尔德·哈萨姆 / 希尔森·莱曼·赫顿收藏

英，偶尔还有一朵迟开的金色花朵。那些被日光洗礼后的白色岩石多么精致和可爱啊，浅浅的泥土上点缀着鲜艳的深红色酸模[4]，或是珍珠般的、无畏的小米草，这一切都与大海柔和的色彩相辉映。和风吹来，所有这些生机勃勃的植物都随风起舞，它们的摆动多么和谐！在岩石的缝隙中伸出了结实的苦莓[5]，开着一簇簇白色的花朵，花尖上带着粉红色，在阳光下闪闪发光；在蓝绿色大海的映衬下，它的粉红色显得更加光彩夺目。阳光如此炙热！在肥沃的草皮上，蓝眼草[6]显得有气无力，垂下了头；而黄色的毛茛却闪耀着强劲而稳定的光芒，对它来说，再明亮的阳光也不为过。在花园里，高大的雅克米诺月季花从这伟大的光和热中汲取力量，它们伸出硕大的花蕾来吸收并将其光辉藏在它们最深处。一两朵最重的花蕾开始松开它们天鹅绒般的深红色花瓣，把它们美妙的香味洒向空中。东方罂粟在炙热中绽放，它的花苞像结实的青苹果那样向上擎起，其中一个已经迸发出熊熊火焰，每一片火红的花瓣都有我的手掌那么大。在冰岛罂粟的花床上，炽热的阳光追逐着一群优雅的花蕾，它们低垂欲放，杯状的花蕾像柔和的橙色、黄色火焰，在纤细如草的茎上轻轻摇曳。有阴凉的角落里，开着一丛丛清爽的天蓝色“勿忘我”花；篱笆边，“倾听的飞燕草”含苞待放；大朵的紫色三色堇垂着头，难以直视太阳那过于炽热的目光。在这灿烂的日子里，蔷薇丛、茶香玫瑰、木犀草、金盏花、金鸡菊、成排的香豌豆、阔叶蜀葵和其他植物，每时每刻都在以肉眼可见的速度欢快地生长。铁线莲和忍冬好像在赶路一般。旱金莲伸出它们盾牌一样的叶子，把茎缠绕在它们能碰到的每一根有助于它们向上生长的枝杈和绳子上，急切地向上攀爬，到处都有它们绽放的第一批鲜艳花朵。白色铁线莲长出了又长又大的花蕾，这是所有铁线莲里最早的；它的花蕾在我眼前明显地膨胀起来。6 月初，忍冬每根枝条末端的花蕾都在变红。在一个角落里，一株高大的紫色耧斗菜挂着无数簇铃铛；每朵花都有 5 个贝壳状的轮生螺环，颜色像华丽的紫水晶，镶嵌着发白如霜的光辉银线。矢车菊像一朵朵鲜艳的“火花”，玫瑰色、天蓝色、白色、紫色的花朵到处闪烁，犹如庄严开幕的华丽庆典。葡萄藤舒展开毛茸茸的鲜红嫩叶，风一吹，我就能看到叶子背面的灰白色。我想起了勃朗宁温柔的诗歌：

> 那毛茸茸的，藤蔓上的叶芽，
> 今天，我才注意到，
> 再过一天它们就会完全张开，
> 你知道的，红色会变成灰色。[7]

廊道边上的花坛外围长出了一丛丛刺囊瓜，它们是秋天掉落的种子自己长出来的，现在正沿着棚架涌上来。它们才刚刚开始真正抓牢东西，像水手那样双手交替地往上爬；它们强壮的绿色卷须像胳膊和手那样向左右伸展，抓住一切可以攀缘的东西向上攀爬，一直爬到屋檐上。到了8月，它们密密地织成一幅郁郁葱葱的淡绿色帷幔，上面垂着一簇簇硕大的白花，犹如繁星点点，散发着蜂蜜和蜂蜡般纯粹、诱人的香味。

现在，到了一年中最完美的时候。天空湛蓝，大陆上炎热难耐，但在这里却是天堂般的日子，从呢喃低语的浩瀚水面吹来的凉爽微风环绕着岛屿。躺在这里休息，体会这一切的美，并享受这一切的欢乐，是何等美妙！远处的海岸线变得模糊，朦胧如同幻境。

> 一半沉在海中，水中的月牙犹如清澈、湛蓝的花朵，
> 这是大地的婚戒，沉默的，闪耀着蓝宝石光芒。[8]

海岸线那么遥远，那么动人！在它的边缘，海水是平静的，像玻璃一样透明，沿着整个海岸线分布的房屋和闪着微光的大型建筑群在炎热的薄雾中呈现白色。远帆点点，在发光的雾气中

半隐半现；更远的地方吹着柔和的风；几只卷起帆的小渔船停泊在我们和陆地之间，在大海柔和的背景下依稀显出轮廓。万籁俱寂！我听见一只蜜蜂莽撞地闯进矢车菊丛中，它们的花朵像小而密的黄玫瑰，向着太阳高擎。突然，传来一阵歌雀的叫声；而一只公燕雀静静地坐在窝门口，它的小房子上的红屋顶太热了，所以它坐在门廊上沉思，而它的小妻子则待在窝里孵蛋，只是偶尔从它美丽的喉咙里发出一声低沉的、心满意足的叫唤！而我，听着矶鹞的鸣叫和满潮时海水的低吟，同样感到心满意足。

在花园篱笆外，花儿们似乎冲破了界线，黄色的洪流漫过斜坡。在那里，早生的蒿草和金英花匆匆绽放，满溢着金黄色的花朵，它们随着微风轻轻摇摆，在阳光下闪烁着绸缎般的微光。“花菱草”——对这种无比可爱的花卉来说，这个名字可能不够雅致。“加州罂粟”这个名称更好些。我下到可爱的园子里采了一些这样的花，并带回来摆在我的小桌上，以便坐在它们面前更好地欣赏。我把它们放在细长的绿色玻璃瓶里，它们身披华丽的衣裳，真是光彩照人。我充满爱意地拿起一朵花仔细端详，越看越觉得它华美的色彩动人心魄，足以点燃最迟钝的想象力。它的茎和细细的叶子是光滑的，呈冷冷的灰绿色，似乎是为了调和它火焰一般的花朵。与几乎其他所有罂粟不同，它的花朵也是光滑的。它的花瓣之前是皱巴巴的，蜷缩在闭合的绿色花苞中，感觉它们好像迫不及待地要从花萼里钻出来，在阳光下舒展花瓣，在空气的抚慰下进入美丽的宁静中。每一片灰绿色的叶子上都点缀着一条细细的红线，每一个花蕾都戴着一顶淡绿色的小尖顶帽，像小精灵。清晨，当花蕾准备好绽放，它掀开那顶美丽的帽子，向太阳展现它的所有可爱之处。没有什么比这顶仙女帽更美丽的了，也没有什么比看着花瓣把它推开，舒展黄色的花瓣，并慢慢变成完美的杯子状花朵更迷人的了。当我将这朵花捧在手里，并试图去描述它时，我意识到在如此完美的生命面前，我是多么贫乏，言语是多么无力。花朵高擎在一根笔直而光滑的茎上，花瓣向上和向外弯曲成明亮、纯粹的金杯状，散发出绸缎般的光泽。每片花瓣最中间都以极细的细线涂成橙色，看起来就像金杯里有颗火焰钻石。不仅如此，粉状花药是橙色的，镶着金边；它们围绕着花心旋转，就像旋转的凯瑟琳烟火[9]。花药的中心是一个温暖的海绿色闪光点，这最后的、完美的点睛之笔让这种花的美丽达到极致。另一个品种的花朵则是橙色均匀地散布在金色中，几乎一直延伸到花瓣的外缘，而花瓣是明亮的浅黄色，让人眼花缭乱。把花转过来，从外面看，它没有花萼，花瓣是从一个简单的淡绿色花盘上长出来的；为了上帝的荣耀，花盘必须镶上海贝壳那样的粉红色的边！世间凡人的舌头、笔、油画刷都无法恰如其分地呈现这朵花的清新光彩。

谁能恰当地描述这些容光焕发的生命中的任何一个，哪怕是最简单的？日复一日，看着它们一种接一种地出现，其精致的美丽处于无穷的变化中，我只能越来越惊叹于造物主的无穷伟力。难道他不享受他双手劳作的成果，不享受他无与伦比的创造物那多姿多彩的完美吗？谁能注视着每一个春天的展开和每一朵花的绽放而不感受到勃朗宁提到的“上帝自古以来的狂喜”[10]的再生呢？在那种不朽的狂喜中，我作为他的另一个创造物，不是像这些可爱的生灵那样完全顺从地履行他的美的法则，而是谦卑地分享，用我全部的精神力量来反映那种狂喜，并带着极大的喜悦为他的作品而欢欣。

时间推移到7月，土地变得干燥，所有的花儿开始渴望水分。一个温暖而宁静的傍晚，从山坡上传来了知更鸟甜美的“雨歌”，歌声清晰地回响着。第二天我们醒来时，晨光熹微，柔和的云朵挡住了太阳的路，轻软的雾气悄悄掠过天空，西南风习习吹过，涟漪阵阵，小小的波浪轻吻着海岸，发出悦耳的喃喃低语。在徘徊不去的暖灰色光线下，我想起了丁尼生对这样的黎明的微妙描述：

当燕雀最初的低声啁啾越来越响，渐成曲调，
黎明驾着它珍珠色的犁，
犁开黑暗，照亮了堆叠的云层，
越过美丽的绿野和东海。[11]

清晨的几个小时，珍珠白的云朵保持着它们的形状，云朵之间是美妙的、调和过的蓝色。渐渐地，天空中那些柔软的羊毛一样的云朵被遮掉一半，快到中午时，它们便化成了散雾。花园各处的色彩，如柠檬百合的金色、冰岛罂粟的火焰色以及所有花朵的甜美色调，衬托着这些透明的灰色。不一会儿，欢乐的雨从天而降，那么轻柔，那么温暖，那么平静，光是它的声音就让人很愉快。在这个等待已久的花园里，每一片叶子在很久之前就期盼这场阵雨，此时它们都舒展开来，去捕捉每一滴晶莹的水珠，珍惜它所带来的彻底清新。雨下了一整天。夜晚，雨敲打在屋顶上，悦耳的旋律声声催我们入眠。夜里风向变了。第二天，又来了一场东北方向的暴风雨。不过，这一小块花畦已被妥善保护。我很高兴这场雨能深入到花儿的根部，使它们得到彻底的浇灌，这会让所有的植物都受益无穷。这种情况持续了两三天，狂风劲吹，在小岛周围掀起巨浪，沿着海岸发出不止息的狂啸。最终，

暴风雨自己疲惫不堪，随之而来的巨大宁静给人以愉悦感。空气和海洋停止冲突后响起轻柔的、遥远的潺潺乐曲，精疲力竭的愤怒似乎还在低声喘息，半是愠怒，半是宽容；而太阳那宽阔的黄光安静地照射在大海和岩石上，像温和的微笑，预示着第二天将是天堂般的日子。

接着，花园将以多么新鲜丰富的色彩和芳香来迎接灿烂的日出！每一刻它都在变得越来越美丽。我认为，就其奇妙的多样性，就其如画的气质，就其色彩和花形以及微妙神秘的性格而言，罂粟花似乎是所有一年生植物中最令人满意的。它们的色彩变化无穷。有最柔嫩的丁香色、最深沉的深红色、最鲜艳的猩红色、点缀着最柔美的玫瑰色的白色。还有深浅不一的玫瑰色，比如有一种清透的浅粉色花朵，中间是海绿色，花药周围有金色的光晕。有黑色和火焰色。有趋向于黑色的暗红色，带着灰色的反光。有樱桃色的，杯形花朵的底部有个乳白色的十字，花心中央的祭坛周围有一圈难以形容的金绿色，围绕着黄色的花药。紫色的花瓣上带着颜色更深的紫色花纹，中心有灰白色的射线。有各种淡紫色和丁香色。还有精致的烟熏色，在某些情况下略带一抹红色。有些是纯浅灰色，还有些灰色镶着深红色或猩红色的边。真可谓万紫千红。要说出这些美妙色彩的所有组合，哪怕只说出一半，都是不可能的；从野罂粟花简单透明的猩红色铃铛到奇妙至极的纯白色品种，这种神奇是任何舌头都说不出来的。哦，这些白色的罂粟花，它们有些品种的花瓣比最轻薄的纸巾还要精美，花心是明亮的金色；有些品种则更加厚实，花瓣硕大，像贝壳一样，似乎有棱纹凸起，花朵中央的绿色球形突起就像盾牌的中心饰扣，周围闪耀着美丽的灰黄色雄蕊，就像所谓的“新娘”品种那样。还有一种被称为“雪堆”的，开着厚厚的重瓣花，花瓣边缘有很深的切口并且装饰着花纹，花瓣是那种最不透明的白色，充满精致的阴影。然后是冰岛罂粟，皮里中尉[12]发现它们把格陵兰岛的冻原变成了明黄色、橙色和白色的欢乐世界。还有伟大的东方罂粟，华丽得难以言表。还有巨大的单瓣型白色加州罂粟。即使在最漫长的夏日里，我也无法一一说出它们的名字！刺罂粟是迷人的品种，生长方式奇特，最具装饰性。至于雪莉一家，它们是黎明的孩子，在所有可能的方面继承了玫瑰色的精致、生动和美妙。一位英语散文大家曾就罂粟花发表过智慧的观点，他说的是英国原野常见的野罂粟，这种罂粟在欧洲大部分地区也广泛种植。他说：“它的光辉是骄傲的，几乎是傲慢的。”[13]这立刻让人想起勃朗宁在《索尔代洛》中的句子：

《肖尔斯群岛》
布面油画 / 39.4 厘米 ×45 厘米 / 1890 年 / 柴尔德・哈萨姆
私人收藏 / 纽约格雷厄姆画廊

罂粟花的红色厚颜无耻，
直到秋天的雨水完全破坏了它，
无依无靠，一只干瘪的、褐色的、吱吱作响的鹤
突出来。[14]

虞美人是常见的猩红色野生罂粟，上述两位作家都曾描写过。约翰·拉斯金说：

我手里拿着一朵小小的红色罂粟花，这是圣灵降临节那天我在恺撒宫[15]里采的。它极其简单，极其纯粹。全身犹如丝绸和火焰，形如猩红色的杯子，边缘堪称完美。从远处看，它在野草中犹如从天堂的祭坛上坠落下来的燃烧着的炭火。你不可能拥有比它更完整、更无瑕、更纯粹的花了：它里里外外全是花。它在任何地方都不吝惜色彩，没有外表的粗糙，没有内部的秘密，就像创造它的阳光那样开放。里外都很精致，细长茎秆的最末梢也一样，就像穿着恺撒的紫色长袍……

名副其实。罂粟的猩红色，是凡人的手能为凡人的国王所画的极致，经历了日晒、风吹、雨打，到目前为止仍

留在奥古斯都的宫殿的墙上，就在离我采集野草的荒地100码远的地方……我手里的这朵花是被贫穷**摧残**的罂粟，我的意思是，贫穷**塑造**了它。如果长在肥沃一些的土地上，它会喷涌成招摇的紫色大花；深浅不一的猩红色花朵暧昧地迎风摇摆；被我摘下一个钟头就会垂下它骄傲的花朵。但是这朵出生穷苦的小花……现在还像昨天一样明艳、坚强……它那皱巴巴的、颤动的花瓣很少呈现其真正的轮廓，但是这种褶皱源自人们以前没有给予足够重视的花的美好特性。我们通常认为罂粟是一种粗野的花，但其实它是田野里所有花中最透明、最娇美的。其余（几乎所有）的田野花卉，颜色都取决于它们表面的质地。而罂粟花是彩绘玻璃，当阳光照进来时，它会发出最明亮的光。无论你在哪里看到它，无论是逆光还是顺光，它总是像一团火焰，像摇曳的红宝石，温暖了风……当绿色的罂粟花蕾侧边露出红线时，摘下一个花蕾，掰开外皮，打开一朵罂粟花。整朵花的大小和颜色都是完整的，雄蕊也完全长成了，但花苞里挤得实在太紧，如丝绸般精细的花瓣被压出无数褶皱。当花朵开放时，它就像从酷刑中得到了解脱；两片囚禁花瓣的绿叶掉落在地上，受了委屈的花冠在阳光下舒展自己，尽力抚慰自己，但因为已经被压皱、碾伤，只能带着累累伤痕度过余生。[16]

据我所知，没有哪种花可以有这么多迷人的装扮和姿态，也没有哪种花的生长方式比它的更独特、更迷人。它的主茎常因气流或障碍物的影响而弯曲，纤细的花茎也会以各种优美的方式旋转，但开花的时候花蕾总是挺直的。拉斯金引用了林德利[17]对罂粟的定义，认为它“可能成立”。定义如下：“罂粟是一种有着4片或6片花瓣的花，两层或两层以上合为一体，茎和叶中含有一种会令人神志不清的乳白色液体，开花时总是会扔掉花萼。”

我凝视着它们的种子荚，那些极其优美的瓮形种壳形状之优雅无与伦比，让我好奇里面封存了什么神奇的力量。睡眠和它的兄弟“死亡”，被囚禁在那些神秘的、密封的杯子状的花里；它们阴郁而美丽的形状对这些秘密有所暗示。但在绽放的花朵中却没有一丝痕迹；绽放的花朵是最快乐的。在一些更娇贵的品种中，花的茎是那么纤细，又那么强壮，就像细草的茎一样。仔细观察这些茎，你会不由得惊奇它们是怎样牢固地支撑起哪怕是最轻的花的，而且总是那么骄傲地挺立着。它们的主茎上下和绿色的花萼都覆盖着最纤细的美丽茸毛，尤其是冰岛品系的罂粟花；

这些茸毛是可爱的红棕色，为它们的美丽增色不少。

在某个甜蜜的黄昏，日落时分，当你凝望罂粟花圃时，你会清楚地看到哪些花蕾将在第二天清晨的第一缕阳光中喜悦地绽放，因为这些花蕾会慢慢地默默向着天空抬起头，无比坚定。日出时站在花床前看着花儿苏醒，是一种天堂般的快乐。当第一缕长而低的阳光照射到花蕾时，你知道它们接收到了信号！微风拂动，你抬起眼睛，也许是看一朵玫瑰色的云彩，又或者是追逐一只歌唱的鸟儿飞翔的身影。当你再回头看时，瞧，花萼从最大的花蕾上脱落，落在地上，那是两个半透明的淡绿色的壳——皱巴巴的花瓣刚从它们的挤压中被释放出来。再过一会儿，花儿就会在你眼前绽放。它们在微风中徐徐颤动，就像阳光下的丝绸旗帜。那是怎样美丽的颜色啊！

冰岛罂粟的橙色是最难形容的，它的确“温暖了风”！据我所知，没有哪种颜色像它；这是一种夹杂着洋红的橙色，像剧烈燃烧的火焰中最红的木碳。看，这精致的杯子状的花儿：皱巴巴的花瓣几乎已经被风吹平。它们在花心相遇的地方融化成微妙的黄绿色。花朵的中心隆起了一个圆形的绿色祭坛，周围绘有9条黑线，在平坦的纯绿色顶端扣着一颗黄色的天鹅绒般的九角星。从这个祭坛的底部长出雄蕊和花药，它们的内圈通常是白色的，外圈是黄色的，都在杯子状的花朵内高高挺立，清晰可见。这种光芒四射的组合在鲜艳红色的衬托下，有种言语无法描述的美妙。

加州罂粟从一开始就把它们那干净、光亮、尖尖的花蕾直直地伸向太阳，而其他罂粟花都是低垂着花蕾，一直到开放的前一天晚上才抬起头。这样做宣示着一种胜利：它们举起被安全地包在花萼里的珍贵、光辉的花儿，准备迎接一天的第一缕阳光。

东方罂粟是荣耀的，即使在好胜的罂粟家族中也是如此。拉斯金写过关于“叶的分裂”的章节。每当看到这种植物硕大而毛茸茸的浓绿叶子时，我总会想起他的文字。这些叶子深深地“分裂”，裂缝几乎有整个叶片的宽度，一直延伸到叶子的中脉。它们的生长方式有点像蒲公英，从中心向各个方向延伸出几英尺。6月，硕大的花梗长出，顶部有沉重的苹果状的花蕾。随后，花蕾越来越大，越来越长，直到某一天早晨，厚厚的花萼裂开、掉落，绽放出花朵那猩红的旗帜。它带有某种愤怒的光辉，以及某种阴郁而惊人的壮丽。它硕大花瓣的底部散布着大块不规则的黑紫色斑点，仿佛是被蘸满颜料的刷子刷过似的。种子荚中间隆起足足有一英寸高，呈一种闪闪发光的、难以描述的绿色。在距离种子荚顶部1/3英寸的地方，折叠起一顶淡紫色的帽子，均匀

《虞美人，肖尔斯群岛》

布面油画 / 50.2 厘米 ×61 厘米 / 1891 年 / 柴尔德 · 哈萨姆 / 华盛顿美国国家美术馆

地盖在花冠周围。在它的中心有个天鹅绒般的深紫色凸起，从那里放射出 11 条颜色相同的射线，沿着这个淡紫色小帽的曲线，从顶部延伸至各个方向。在这个奇妙的、有着丰富而精致的装饰的种子荚周围，环绕着一圈厚厚的雄蕊，它们大约有半英寸长，一排排、一圈圈地围绕着花药。花药上覆盖着灿烂的暗紫色粉末，每个花药都由一根深紫色的细线支撑着。这简直是华丽的。当大丛灌木被这些花朵照耀时，那的确是一场色彩的火焰。一位爱花的朋友给我写信说："当我的东方罂粟在山坡上盛放如火时，消防车总是会出现。"每个花园里都应该有它们，因为它们无须精心照料就能茁壮成长，它们非常耐寒，而且总是会慷慨地开出花朵。

第五章

夏天依然会来临，花儿依然会盛开，依然会被人们采撷、爱慕，尽管不无对那些再也看不到它们的眼睛的感怀与眷恋。

每一种植物都从大自然这个伟大的实验室里选择自己的颜色和形状，在我看来，这是一件非常奇妙的事情。它们从周围的环境中吸取那些能产生自己的特性而非其他特性的品质，从不犹豫，从不犯错。比如，加州罂粟如果可以自行选择，它们会从许多灿烂的色调中选择黄色作为自己的颜色，而且永远不会改变它们灰绿中带着红色点缀的叶子。黑环罂粟花永远是猩红色的，每一片花瓣上都有黑色斑点，镶着白边。虞美人总是清澈的鲜红色。“新娘罂粟”[1]是奇迹般光彩夺目的白色。诸如此类。著名化学家龙格[2]说：“植物是伟大的化学家，它们能更明确、更精准地区分各种物质，这是人类用尽所有的技术、智力和仪器也比不上的……小小的雏菊画出了‘带着红点的花朵’，让化学家和科学家望尘莫及，因为雏菊长出了自己的叶子、茎和花朵，并给它们染上了鲜艳的色彩——它所用的材料人类穷尽才智也无力改变。”

大地和空气拥有造物主创造出的所有色彩与形状，植物凭什么力量知道如何从中选择自身的颜色和形状呢？植物的这种奇妙“知识”——也许更合适的说法是“本能”——让人惊讶。如果你在地上挖一个洞并在其中种下一丛玫瑰，将洞的一边填上肥沃的土壤，而另一边填上贫瘠的土壤，那么玫瑰的每条根须会离开贫瘠的一边，而选择扎根在肥沃和有营养的另一边。这是理所当然的事，但玫瑰的这种本能值得人们思考。

有人曾这样描述一棵树：“（树）这里收集了大量丰富、有机的材料！它是上帝自己的设计！这团植物性物质正是泥土和空气转化的结果。徘徊的西风、狂飙的风暴、轻柔降落的夜露和愤怒的雷雨等材料降临在这里，而且就在这个地方发生质变。”[3]

我还要补充一点，上帝在这件作品中注入了生命的火花（几乎可以说是一种智识），故此，许多花草和树木经常做出智慧非凡的行动。

著名法国作家卡米伊·弗拉马里翁[4]说：

> 我知道，在古老城墙的废墟中有一棵奄奄一息的枫树，它离肥沃的好土壤（一条沟壑中的土壤）只有几英尺远。它在绝望中冒险抛出了一条根，到达了梦寐以求的土壤。

它把自己埋入土中，并站稳脚跟。它貌似静止不动，却一点点地改变了自己的位置。它让原来的根死去，并重新生根复活。我曾见过一片榆树林即将耗尽一块肥沃土地上土壤的能量。它们的养分被一条宽大的沟壑切断了。于是，它们决定让自己未被切断的根从沟壑下面通过。它们成功了，得以再次获得正常的养分。见到这一幕的庄稼人大为惊讶。我知道一株英勇的茉莉花，它连续8次钻过挡光的木板。一个戏弄它的观察者把它放回阴影中，希望这样可以耗尽它的精力，但没有成功。

这件事发生在法国。而在新英格兰，我自己知道一株大大的紫藤。它生长在一座迷人的花园里，在一栋漂亮老房子的墙边；它的作为也同样神奇。这是一株藤蔓的胜利！长出藤蔓的根基或者树桩直径有一英尺，它的枝叶覆盖了房子的一面墙，有30英尺宽，30英尺长。如此大的藤蔓需要大量的水，所以它把根向下扎到房屋地基下8英尺深的地方，从距离它15英尺远的奶牛场的砖铺地板下穿过，在整个地板下形成了坚实的根系。它够到了水井，并直接穿过石砌井壁的缝隙吸收到了它所渴望的水分。在同一座花园里，有棵榆树将根深入房子地基下60多英尺，扎进了同一口井中。

让我引用另外一位作家的话，他也仔细观察过这些事：

> 植物充分具有选择食物时所必需的观察、辨别能力，它们知道在哪里能找到食物，而且在很大程度上有能力获得这些食物。例如，如果一些动物的遗体埋在花园里，20英尺外的葡萄藤蔓就会知道。它的地下部分会立刻改变路线，直接朝着这个新的食物仓库进军；一旦抵达就会伸出无数根须去汲取养分……一棵垂柳栽在房子南边一块多碎石的干燥土地上，这种情形无论如何都不适合这棵树，因为它喜欢非常潮湿的土壤。结果，这棵树生长缓慢，发育不良。艰难地过了几年之后，它竟然开始茁壮成长；它的主人既惊奇又喜悦，于是开始寻找原因。人们发现，为了寻找食物，它的根须已经在房子下面移动了大约30英尺，到达井边，然后从那里又向下走了一段路，直到抵达水源——那里供应的水分满足了这棵树生长的基本需求。
>
> 在饥饿或口渴的情况下，南瓜藤的运动是很奇妙的。严重干旱时，如果你晚上把一盆水放在一株强壮藤蔓的左边或右边两英尺的地方，第二天早上你会发现它竟然在盆

里洗澡！这不正是藤蔓能思想的一个迹象吗？这难道不是表明藤蔓也有类似于人类理解力的那种知识吗？……一定有某种智识在发挥作用，将藤蔓带到了水边……

我们对植物研究得越多，就越相信生命是一个整体——只是形式不同，而非原则不同。一切能够繁殖、生长和发展的东西都受同一法则的支配。它们每一个都是我们称之为生命整体的一部分。

再次引用那位著名的法国人卡米伊·弗拉马里翁的话：

当我呼吸玫瑰的香味，当我欣赏它的形式之美——一朵刚刚绽放的玫瑰的优雅，最让我吃惊的是那隐藏的、未知的神秘力量的运作，是它在支配植物的生命并指导它们如何生存，是它选择了合适的空气分子、水和土壤作为它们的养分。最重要的是，它知道如何吸收这些分子并将其巧妙地组合起来，形成植物优雅的茎、娇嫩的绿叶、柔软的粉红色花瓣、精致的色彩和美妙的香味……

这种神秘的力量就是植物的生命本源。把一粒百合种子、一枚橡果、一粒麦子、一个桃核并排埋在地下，每颗种子都将长成自己独特的有机体，而非其他东西……

植物呼吸、喝水、进食、选择、拒绝、寻求、工作、生活、行动，都依照它的本能。一个有如神助，另一个郁郁寡欢，第三个则紧张焦虑。那株敏感的植物被轻轻一碰，就会颤抖和垂下它的叶子。[5]

攀缘植物常常表现出惊人的智慧，它们伸出“手”来寻求支撑时就好像有眼睛能看见似的。我见过一株葡萄藤在风中漫无目的地摇摆，附近没有什么东西可以攀缘，于是它故意掉头往相反的方向延伸，不停地生长。在没有任何外在帮助的情况下，它在短短一小时之内就抓住了我拉的那条供它攀爬的绳子。它们用各种方法攀爬。许多藤蔓植物是把它们的茎秆一圈又一圈地缠绕在绳子、棍子、铁丝或提供给它们的随便什么东西上，牵牛花、啤酒花、忍冬、紫藤和其他许多攀缘植物都是如此。但是香豌豆、电灯花之类的，是在每一片叶子（或者更确切地说是每一组叶子）的末端都长出一根纤细的卷须。旱金莲、铁线莲等植物则会用叶茎缠绕任何挡住它们去路的东西，这样它们就能稳稳地举起并固定住自己。刺囊瓜或野黄瓜则有像铁一样坚韧，像印度橡胶一样有弹性的卷须系统。观察所有这些攀缘植物，思考它们各不相同的迷人攀缘方式和习惯，在它们需要时提供帮助，同情它们所有的经历，这些都是最有趣的事情。当我在花丛中工作时，我发现自己在与它们交谈，在说服和规劝，也在赞美，仿佛它们是人类一样。我这样做在朋友中间引发了许多笑声，但那无关紧要。我的花和我，我们相处得很好！

通常来说，花卉在户外是很可爱的；但我种植、照料它们时，总是想着它们被置于室内时的快乐。我很了解爱默生发问的含义：

> 你不用枪就能说出所有鸟的名字吗？
> 爱慕玫瑰，就把它留在花梗上？[6]

如果我采摘这朵花或任何其他野花，我会带着虔诚的爱去做，甚至被采摘的花也会感到满意。没有人比我更了解和更深切地痛惜恣意、残酷地大规模摧残野花这件事，这种事每年都会在我们的野花丛中上演。但为了研究和更充分的欣赏而把少许野花带进室内则是另一回事，是可取的。比如，对野玫瑰而言，当它突然在路边露出笑脸时，一个人会驻足片刻欣赏它的美丽和它所带来的甜蜜惊喜，但也只能是一知半解。关于它的奥秘不可能在一瞥中就被领悟，实际上，多看几眼也无济于事；必须经过仔细考虑和深情沉思，才能充分领悟那微妙的光荣所蕴含的全部奇迹。“想想百合花吧。”[7] 导师说。的确，没有什么比对所有生长的花儿的“沉思”更虔诚的事情了。

在花园里，这些花正是为了款待那些渴望美的灵魂而种植的。无论是室内还是室外，它们都能“愉悦人的精神”。长长的廊道上一个宽敞、明亮、通风的房间正对着花圃，一群快乐的人聚集在那里，在肖尔斯群岛度过转瞬即逝的夏天。这个房间最初是为音乐而建的。抛光的地板被打磨成木头的自然色，上面没有铺地毯以消音，只零零散散地放了几块小毯子，一块块犹如松针色上暖绿的苔藓。房间没有厚重的窗帘遮住窗户，也没有什么消音的东西。钢琴立在一侧，卧榻和沙发上摆着晦暗而华丽的各色靠枕，但总体上还是以温暖的绿色为主调。墙边摆放着低矮的书架，上面的书用令人愉悦的橄榄绿短帘遮着。高高的墙壁上挂满了画，一直挂到天花板。到处都是鲜花。高高的壁炉架上摆了一大束旱金莲，像熊熊燃烧的火炬，颜色光彩夺目——从近乎白色的黄色开始，逐渐加深至金色、橙色、猩红色、深红色，直到最黑的红色。书架顶部都有鲜花在闪耀，有金盏花、波斯菊、硕大的天鹅绒般的单瓣型大丽花（花色有黄色、橙色和深深浅浅

《最喜欢的一角》

纸上水彩 / 24.1 厘米 ×36.8 厘米 / 1892 年 / 私人收藏 / 纽约赫希尔 · 阿德勒画廊

的红色），还有大丛纯金色的夏日菊花等。中间点缀着开花的草类植物，带来一抹优雅的绿色。其中一个矮书架上摆着雪莉罂粟，犹如一片玫瑰色的云朵。在这儿，我想说说把罂粟花放在家里整整两天而不凋谢的秘密：必须在清晨，在露水消失之前早早地采集。我在早上 5 点到 6 点之间出门，那时它们灰绿色的叶子还带着露珠。我带着一个细长的水罐或者装着水的瓶子进入花园切花，每切下一枝就把它插进去，让水几乎浸没整个花枝；以此操作，直到插满水罐或水瓶。用这种方式采集的话，它们就永远是新鲜的。事实上，这些精致的生命几乎完全不知道它们被采集了。

当一切准备就绪，我就从正对着光的书架的左端开始，把这些绚烂的花朵插进玻璃瓶中，干这些活让我感到无限愉悦。这些玻璃瓶（总共 32 个）本身就很漂亮，绝大多数是白色的，清澈而纯净；有几个淡绿色、浅玫瑰色和淡蓝色的；还有一两个是深一点的粉红色。这些玻璃瓶都晶莹剔透，装着纯净无色的水，从水里透出花茎那纤细的绿色身影。在左边的几个瓶子里，我先插入耀眼的白色单瓣型“新娘罂粟”，让它引领这甜蜜的队伍。这种花很奇妙，它的纯白是半透明的，中心的“祭坛”是难以形容的绿色和金色。首先插几朵这样的花，然后插一打或更多另一个品种，就是像纸巾那样精致、像雪那样白的花朵（花瓣极薄，以至于能透过它们薄膜的纹理看到背后明亮的颜色）。接下来是叫作“雪堆”的重瓣型罂粟花品种，因为是重瓣，它的花朵的白色更深些，带着最柔和的阴影。然后，我从最淡的玫瑰色（其色调温柔得像婴儿的手掌）开始，将它们挨着白色放好，并稍稍加进几朵白花；接下来是一抹淡淡的胭脂色；然后进入另一个色调，仍然是很细腻的红色，不比南部海域峨螺[8]贝壳唇上那柔和的颜色更深；然后是大马士革玫瑰的玫红和深深浅浅的温柔的粉色，然后色调加深，变为华丽透亮的樱桃色，并穿过一大簇闪耀的猩红色，进入热烈的栗色。

这些因为花茎长度不同而高矮不一的鲜花，一团团一簇簇，零散、不规则地排列着，最高的有两英尺多。这里不拥挤，每朵花都有空间展示它全部的美好。各种色彩汇聚在一起，从雪白的一端逐渐变红，依次是玫瑰色、粉色、樱桃色和猩红色的各种色调，直至最暗的红色。柔嫩的绿色长茎透过清澈的玻璃瓶展现出来，金子一样光芒四射的花朵照亮了整个房间。还有一些叶、枝、蓓蕾（如果我还记得把它们剪下来的话）零星点缀在花朵后面。这种布局非常漂亮，简直难以言表；我曾见到有人站在它面前喜悦得说不出话来。它就像黎明的霞光那样绚烂。

在这个花的“祭坛”左边有一张小桌子，上面靠墙放着一幅画。在这幅画中，两朵早已干枯的茶香玫瑰依然活在精致的色彩中，从未真正死去。我总是把最美的花放在画前，并把这张桌子称为“神龛”。有时是一枝“马利亚百合”（白百合），插在一个细长的白色磨砂玻璃瓶中；或者在这幅画下面放一个黄色的广口玻璃罐，里面浮着一朵橙黄色的克罗马蒂拉睡莲[9]；或者在一个高大的蓝宝石玻璃瓶中插入同样色调的深蓝色飞燕草；或者在红色的波希米亚风格的玻璃花瓶中插几枝胭脂色的香豌豆，构成另一种色彩的和谐；或者在一个迷人的暗红色日本罐子中插入几枝色调完全一样的旱金莲花。鲜花与花瓶的可爱组合和对比简直是无穷无尽的。

在“祭坛”下面的另一张小桌子上，粉色玻璃瓶里盛着粉色睡莲，白色玻璃瓶里盛着白色睡莲。一个琥珀色的玻璃浅篮里插满了淡绿松石色的勿忘我，玻璃反射着周围的各种色彩，闪烁不定，五彩斑斓。到处都有香豌豆，空气中弥漫着它们的香味。橙色和黄色的冰岛罂粟盛放在高高的英式淡绿色玻璃花瓶里。还有个又大又浅的青瓷碗，灰绿色的底子上装饰着橄榄枝和橄榄果。我在里面插满了华丽的雅克米诺月季，它的花朵硕大，色彩深沉，完全配得上这个名字。有时，我会把它们和粉红色的“加

《祭坛和神龛》
纸上水彩 / 38.1 厘米 × 30.5 厘米 / 1892 年 / 柴尔德·哈萨姆 / 普法伊尔收藏

布里埃尔·吕泽特”[10]玫瑰以及老式的大马士革玫瑰混插在一起，并把碗放置在光线能照到的地方，让这些花的华彩完全展示出来。在枝形吊灯下面的圆桌中央，放着一个闪闪发光的威尼斯玻璃瓶，像露珠那样纯净，形状别致可爱。瓶中水晶般澄澈的水面上浮着一朵白色的睡莲，如香雪，明亮美丽。这个低矮的花瓶本身形状像一朵木兰花，花瓣是淡黄色的，底部颜色逐渐加深，有橄榄绿的花萼包裹着花瓣。可以在它旁边插几枝淡黄色的旱金莲花，它们是所有品种中颜色最淡的一种。再配上一两朵颜色稍艳的黄色花朵（比如“邓尼特橙”品种），花儿与花瓶的色调相互映衬，和谐地融合在一起。

多年前，有人送给我一个大大的珍珠色的峨螺贝壳，我不知道用它来做什么好。通常，我不喜欢把花放在贝壳里，因为我觉得贝壳最好的归宿是留在它们所属的海滩。但是我很喜欢送我贝壳的这个人，于是想方设法利用这份礼物。它本身很美，像闪烁的彩虹。我在它的边缘钻了3个洞，用几乎看不见的细线把它挂在一盏非常简单的枝形吊灯下面。我给它装上水，有时在里面疏朗地放几簇忍冬，花朵的色调和贝壳神奇地融合在一起。我用绣球花取得了同样的效果，各种色彩和色调交相辉映。把白色、玫瑰色和紫丁香色的娇嫩香豌豆放进去也是一样的。放入这些花的同时，我会拿一段开着一簇簇淡白色花朵的野黄瓜藤或者那种叫作“旅行者的喜悦”的白色铁线莲，轻轻地缠绕在贝壳上，让它们从一面爬过，顺着细线往上走，把细线完全遮住。于是，我的贝壳就像一个天上的精灵漂浮在半空中。还可以在里面放几枝小巧玲珑的毛剪秋萝或天堂玫瑰，那娇嫩的紫红色、温柔的玫瑰色、精致的蓝色花朵，带着青葱的叶子，在这五彩缤纷的贝壳中摇曳，形成另一种色彩的和声。

有时，我会给它挂上带着花蕾的野牵牛花的藤蔓——通常是我晚上采的。我把野牵牛花藤蔓细长的茎盘绕在水里，小心翼翼地调整其优雅的叶子和花蕾的长度，留少许垂在贝壳的边缘，并让它们在贝壳下面缠绕在一起，还有一些向上爬到枝形吊灯上面并遮住细线。藤蔓长而光滑的花蕾是象牙般的黄白色，在顶端合拢时颜色加深，涂上了一抹明亮的玫瑰色。到了早晨，所有花蕾都绽放成美丽的海贝壳般的粉红色喇叭，向四围的各个方向吹响，那景象颇为动人。每天换水的话，这些藤蔓可以持续一周，每天早上都有新鲜的蓓蕾成熟、开花。

在南窗下的沙发角里，我自己的座位边上也放着一张小桌子，上面铺着雪白的亚麻布，用洁白如银的发光丝线刺绣。我每天都把正在盛开的最稀有、最可爱的花儿摆在这里，好让我触摸它们，欣赏它们，呼吸它们令人愉悦的芬芳并爱慕它们。这里放着最精巧、最雅致的花瓶，它们最能衬托花儿的可爱。那些花瓶也是我所有花瓶中最小的，因为这张桌子的大小只够放几个。其中有一个细长而小巧的无色平底玻璃杯，杯子上部有一块深红的色块，它向下流溢，一直扩散到透明杯体的中部。我会在杯子里插一朵热情洋溢的深红色勃艮第月季，或一朵含苞待放的雅克米诺月季，看起来就像玫瑰的颜色向下流淌，染红了玻璃。这种效果是如此美丽，让人百看不厌。我还在桌子上摆了一个威尼斯出产的小玻璃罐，就是勃朗宁在《公爵夫人的飞行》中描述的那种：

> 里面透出长长的白丝，
> 像“湖花”们晃荡的须根，
> 这样长而松散，永远不会打结。[11]

在这个小玻璃罐里插上几枝不同色调的、丰润的粉色康乃馨，看上去相当迷人。另一个威尼斯玻璃瓶是不规则形状的，蓝白色的底部透出清凉的海绿色反光，非常精致，像海蓝宝石。整个瓶体都轻轻地撒满了金粉，靠近顶部的细长瓶颈呈现出柔和的粉色，与我经常插在瓶子里的塞勒恩玫瑰或法兰西月季最相宜。还有一个威尼斯玻璃瓶，也是斑斓的蓝色色调，淡紫色、灰色、金色在其中融合透射，还带着一丝难以捉摸的绿色。把一簇点缀着玫瑰的天蓝色飞燕草放入这个细长的瓶子里，瓶子奇妙的色彩与精灵般的蓝色、粉色花朵融为一体，非常可爱。

一个镶着金边的小水晶瓶里插着淡蓝色的勿忘我，有时会因加入橙色、黄色的壁花而丰艳起来。在一个高大的琥珀色威尼斯玻璃瓶里，插一株金百合[12]是极好的。一个不透明的玫瑰色矮罐，底部是乳白色，插入老式的大马士革玫瑰，两者颜色恰好相配，让人耳目一新。一枝粉色的睡莲插在里面也很优雅。粉红色的毛剪秋萝插在这个矮罐中也很迷人。

一个高大的红宝石色玻璃瓶光彩夺目，里面插着各种玫瑰色、浅红色的罂粟花，还夹杂着少许银绿色的燕麦苗。有个细长的紫色玻璃瓶适合插不同色调的紫色、丁香色的香豌豆，或者插一两枝紫色的罂粟花，抑或一两枝紫色的紫菀。还有一个带着金色斑点的波希米亚风格的绿色长玻璃瓶，则适合任何盛放的鲜花，无论怎么插都堪称完美。半打冰岛罂粟花——白的、黄的、橙色的——插在一个小小的日本瓷瓶里，一直摆在这张漂亮的桌子上，瓶身上的斑点和花朵的颜色正相呼应。我无法一一细述这张桌子上的花朵有多少种可爱的组合方式，它们在整个漫长的夏日一直闪闪发光。

在西面宽大的窗户旁边，立着一个透明的白色大花瓶，差不多有3英尺高，里面插满了比花瓶还高的梯牧草[13]。它们是我能找到的最高的草，堂皇而挺拔。它们沉甸甸的绿色穗子压弯了细长而结实的茎秆，恰到好处地衬托出它们的优雅。这种草与其他几种更轻盈的、分枝较多的草混合在一起。在这些草的茎秆之间，是高大罂粟的纤细的茎，这些罂粟是各种色调的红色。这一大束花草合在一起比窗户的顶部还高，光芒四射，气势撼人，让人目不暇接。

整个夏天，在这个惬意的房间里，花儿们以各种可能的美的组合举行狂欢。这姹紫嫣红、芳香四溢的花的奇迹，让房间一直保持着清新和光彩。年复一年，一队队迷人的客人从这扇门进进出出；那些为着他们的喜悦而绽放的花朵似乎也在一起倾听音乐，这音乐打动了花茎上的每一朵花。我常常看到又大又红的罂粟花炽热的花瓣缓缓而庄严地飘落到地板上，它们是被音乐大师拉的小提琴无与伦比的悠扬的声音之箭击中的，或是被钢琴上丰富的振动形成的暴风雨扫落的。多少美妙的音乐在四壁回荡，多少欢乐的晨昏在此间飞逝！多少曾经在这里欢聚一堂的人已经离去，永远离开了这个世界！然而，夏天依然会来临，花儿依然会盛开，依然会被人们采撷、爱慕，尽管不无对那些再也看不到它们的眼睛的感怀与眷恋。依然有人在清新宁静的早晨坐在钢琴前，弹奏着舒伯特、莫扎特、舒曼、肖邦、鲁宾斯坦、贝多芬和其他人的乐曲，同样具有大师的感染力，足以抚慰人心。外面野鸟的歌声打破了室内的奏鸣曲，可是没有制造不和谐。敞开的门窗通向藤蔓环绕的阳台，远处的花园沐浴在阳光下，色彩斑斓的花海在轻盈的空气中荡漾。在风中，罂粟花摇曳着朱红色的身影，泛着轻柔的玫瑰色或清澈的红晕；有些则闪烁着白光，那是因为有"新娘罂粟"挺立在花丛中，它像女王那样高大而美丽。

颤动的叶子间色彩千变万化。金盏花闪着灼灼的火焰。紫色的三色堇——它们可真多啊，还有白色的、粉色的、蓝色的、胭脂色的、淡紫色的，甜美芬芳的浪潮涌向花园篱笆。那里长着哨兵般的向日葵和蜀葵，阵容华丽，迎着微风轻轻点头。向日葵花盘硕大，似乎映射着天光。蜀葵亭亭玉立，有深深浅浅的粉色、白色、猩红色、黄色、栗色等等，五彩缤纷。在甜蜜的花海上，蝴蝶们轻盈地扇动着白色和金色的翅膀，蜜蜂在蜀葵丛中嗡嗡作响，蜂鸟在阳光下像宝石一样闪闪发光。但不管这些长着翅膀的情人离开还是回来，这些花儿都不在乎，它们过着自己的幸福生活，满心欢喜，一心要实现上天的旨意，要在它们所能达到的最完美状态中成长和开花。可以多次开花的忍冬[14]攀上了棚架，迎着阳光明媚的天空高举起一簇簇花朵，它们释放的美我无法用任何言语形容。迷人的人儿坐在舒适的房间里，置身于鲜花的包围中，听着美妙的音乐；其他人则聚集在外面，在阳光斑驳的绿色藤蔓的阴影下，凉爽的空气在树叶间轻轻荡漾。美丽女人的衣衫仿佛复制了花园里各种花朵的颜色，她们沉浸在甜蜜的梦境中，飘忽的幻想就像花儿散发的阵阵香风。在花园的另一边，向大海倾斜的绿色草地上长满了盛开的野玫瑰，它们在泛白的白色岩架间如同泛起的红晕；远处的大海在温暖南风的吹拂下闪烁着微光。

白天很迷人，如果可能的话，夜晚更是如此！在灯火通明的房间里，音乐声依然激荡，花儿在灯光下熠熠生辉；而窗外，月亮倾泻的光辉使迷人的夜晚更加神秘。廊道被厚窗帘一样的绿色藤蔓完全覆盖，上面垂着状如星星的长长花簇，它们向空气中吐露芬芳。从下面的花园看上去，这藤蔓就像一张轻盈的带着精致白色蕾丝的巨大面纱，在月光下闪着奇妙的白色光辉。

透过藤蔓叶子和花朵构成的“窗帘”，从它们的缝隙构成的小窗望出去，望向月光下的大海（还有比这更神秘的美景吗？），在闪烁着微光的波浪上，在朦胧的船帆上，在暗淡的岩石群上，到处都有月亮投下的细碎光影。花园里，所有花朵的色彩都那么饱满，即使在月光下也散发着可见的光彩。这些美丽的生物静静地站立着，没有被任何流动的空气搅动。百合发出微光。烟草[15]的白色星状花朵、白色的罂粟花和刚刚开始绽放的白色紫菀，还有福禄考高大的奶白色花簇：没有什么可以打扰它们的酣眠，除了绕着它们打转的斯芬克斯蛾[16]；这种飞蛾长着玫瑰色的翅膀，犹如夜之精灵，在沉沉睡去的花朵上扇动着翅膀。

《月光，肖尔斯群岛》

布面油画 / 61 厘米 ×50.8 厘米 / 1892 年 / 柴尔德 · 哈萨姆

私人收藏 / 波士顿阿尔韦斯特画廊

第六章

是时候把我的玫瑰、百合以及其他花儿都收拾起来了，让它们在雪下安眠，度过漫长的冬天。我永远不会忘记它们，我会梦见它们在来年快乐的夏日苏醒的样子。

我尽职尽责地给花园浇水，但在7月的最后一周，花园还是遭受了长期的干旱。太阳如此炙热，我尽可能地把花园浇透，可一小时后，土壤就又被烤干了。焦灼的花朵似乎站在滚烫的灰烬中，它们头上的空气里有火焰在灼烧。海上吹来的凉风拨弄着它们垂下的花瓣，但在炽热的中午却不能使它们恢复活力。在花园外的山坡上，被烈日烤焦的草皮在灼热的岩壁上裂开。所有美丽的野草，如酸模和小米草、杂草和龙爪茅、委陵菜和狮子舌草[1]，都变脆、枯死了。再一次，万物憔悴不堪，在痛苦中祈祷雨水的抚慰。

在这个月的最后一天，快到中午时天空变黑了，地平线周围隐约响起低沉的雷声。一阵阵风在花园上空盘旋，把疲倦的罂粟花的花瓣高高卷起，直到它们像鸟儿一样绕着烟囱旋转。然后，一切又归于平静。在炎热的天空中，云层慢慢堆积起来，厚厚的积雨云白得耀眼，上面镀了一层黄铜色的暖光，在朝向太阳的裂缝中颜色加深，变成玫瑰色。这些云朵不断积聚，越来越大，好像阿尔卑斯山的山峰笼罩在连续不断的朦胧雾气中。整个天穹都变暗了。很快，高处的云开始融化、弥散，失去了形状、式样和颜色。然后在海岸线上方，天空变成了冷酷的灰绿色。一道铅灰色的蒸气拱门缓缓升起，以令人生畏的审慎从西南向东北横跨天空，颜色铁青、骇人；它的外缘像蘑菇的弧形边缘，越上升聚集得越快。下面的海水黑得像充满了仇恨，雷声滚滚，狂暴的拱门向上越升越快，冲到我们头顶上的极高处。整个天空是黑色的，带着阴沉沉的紫色。

死亡和毁灭似乎随时都可能从那道飞翔的拱门下冒出来，当狂风撕扯着它凶狠可怕的边缘时，那铁青的边缘就像灰色的火焰在流动。在它下面，远处黑色的水面上孤零零一只小船在黑暗中闪着白垩色的光。就在我们看它的时候，它卷起帆，驶离了我们的视线。那脆弱的小船也许可以在不张帆的情况下安全度过暴风雨，或者赶在它来临之前驶到某个安全的避风港。

大地似乎在预料中的愤怒面前屏住了呼吸。闪电划过天空，从天顶到地平线，从北到南，“一团猛烈的、复仇的火焰涂鸦”[2]划下了它炫目的轨迹，令人生畏的寂静被闪电过后的隆隆雷声打破。

再过一会儿，雨滴就像子弹一样击中了我们，然后被撕裂的拱门破烂不堪地飞了过来，像一个迷失在黑暗中的怪物。接着，狂风把黑色的海撕裂成白色的怒涛，咆哮着，尖叫着，发出胜利的呼喊——洪水和飓风各行其是，为所欲为。暴风雨持续地进击，伴随着跃动的闪电和轰鸣的雷声，就像连续不断的炮声，回响着，回响着，咆哮着穿过浩瀚的天空。在骚动暂停的间歇，一道奇异的光在海面和岩石上时隐时现，然后新一轮暴风雨重新开始，仿佛它喘了口气，获得了新的力量。人的整个心灵会因风暴的荣耀和美而上升，并感激雨水带来的宜人的清爽。每一片叶子都为这赋予生命的水珠而欢欣。

透过密密麻麻、闪闪发光的雨幕，闪电燃烧着猩红色和紫色的火焰。哦，风太狂暴了！求你放过我的珍宝，呵，不要把我美丽、可爱的花朵全都毁掉！飞燕草已经弯下腰，高大的茎秆弯曲变形。危险继续肆虐时，我屏住呼吸，一心想着风对花园的伤害。我爱那跃动的闪电和轰轰的雷鸣，但狂风使我心中充满恐惧，因为我的花儿毫无防备。清凉的雨水依然倾盆而下，一切都湿透了：蜂鸟在哪儿？船在系泊处疯狂地颠簸，海水狂暴地拍打着海岸。世界被淹没了，消失了；除了暴风雨、骚动、奔涌和怒

《西风，肖尔斯群岛》

布面油画 / 38.1 厘米 × 55.9 厘米 / 1904 年 / 柴尔德·哈萨姆 / 耶鲁大学美术馆

吼，什么都没有了。

刺囊瓜蜿蜒的藤蔓在暴风雨中不断扭动、翻滚，就像狂风中飞出的旗子。紫藤把它羽毛般的枝叶扔到了门上方的拱门上。唉，外面的坡地上有我高大的罂粟花、蓝色的矢车菊和黄菊花！罂粟花已经被吹倒，再也长不起来了。但是其他花还能渐渐恢复，五彩缤纷的火焰一般的旱金莲很快就会给山坡披上美丽的新装。暴风雨正在远去，雨变小了，闪电也变弱了，雷声渐行渐远，我们听见它“从别处传来的呜咽和叫唤”[3]。乌云散去，在西方隐约可见纯净的、融化的蓝色。太阳突然出现，在东方风暴飞散的碎片上画出一道彩虹，把洪流似的光线倾泻在被淹没的大地上。遭到冲击的花儿呼吸了新鲜空气，重新振作起来，每一片叶子都湿漉漉的，闪耀着光芒。山坡上，草色清新怡人。大海恢复到浩瀚的平静中，以百万闪烁的微笑回应太阳的抚摸。

外面坡地上的花被毁坏，高大的罂粟倒在地上，但是花园里的那些花儿是安全的，因为我采取了预防措施，在花床上架起上下两排铁丝网来支撑它们。所以当狂风肆虐时，这些高大但脆弱的茎秆倚靠在这个轻巧但很坚固的堡垒上，安然无恙。

暴风雨过后，在明媚的早晨，日出之前，我像往常一样到花园去采花。我从被摧毁的斜坡走过，上下徘徊。冰冷而尖锐的风从西边吹来，但天空在微笑。暴风雨把坡上所有的花都吹倒了，猩红、白色、蓝色、粉色、紫色、橙色的花朵在地上匍匐着，叶子、茎秆、花全都纠缠在一起，乱成一团，看上去暗淡无光。我迅速地从其中穿过，在这里、那里找一个落脚的地方，弯下腰去寻找那些在暴风雨中幸免的刚刚绽放的花杯、星星或铃铛。

我两手捧满了花来到小西门旁边，要从那儿穿过花园去房间时，却被眼前悲惨的一幕击中，像雕像一样呆立在那儿一动不动。就在路的正对面，一株高大的罂粟倒在地上；我心爱的蜂鸟紧紧抓住罂粟的一个绿色种子荚的茎，它是花园中最可爱的鸟，也是最温顺的。它的眼睛紧紧地闭着，小爪子无意识地抓住茎秆，它没有知觉，已经被冻僵了。寒露布满了灰绿色的罂粟叶，凛冽的风猛烈地吹过它的身体——它死了，我痛苦地想。我把手里的那捧鲜亮的花移到左臂，把这个冻僵的小身体捧在右手掌心里。我费了很大的劲儿才把它那纤细而结实的爪子从紧握的冰冷茎秆上松开，但当我把它拿下来的时候，它一动也不动，没有一丝生命的迹象。我把它轻轻握在手里，极尽温柔，小心翼翼地不去按压它那冰冷的小身体，将温暖而充满爱的气息吹进我手掌心里的小生命。那天早上我太忙了，有太多事情要做，没法儿坐下来照顾它，让它活过来。但我一直稳稳地握着它。我在花园里的小径上走来走去收拾其他花时，每时每刻都在向掌心里的这个小生命吹气。10 分钟，15 分钟，20 分钟过去了，它还是毫无生命的迹象。唉，我想，它真的死了。突然，我感到一丝最轻微的战栗从那静止、冰冷的躯体穿过；作为回应，一阵喜悦的震颤也传遍我的全身。我一边继续干活，一边更轻、更近、更温柔地把我温暖的气息吹进这个小生灵。又过了几分钟，我开始感到一丝微弱的脉搏在它体内轻轻跳动。又过了一会儿，它动了动，展开翅膀，让自己在温暖的热气中缓和过来。终于，我感觉到它已经完全活过来了。我拿过来一个黄色秸秆编的小浅篮子，篮子非常轻巧，我在里面铺了一团柔软的棉花，还在一个小玻璃杯中放入蜂蜜一样黏稠的糖水，并把杯子放在篮子里的棉花边上，然后轻轻地把这只小鸟放在温暖的棉绒窝中。它的眼睛仍然闭着，但头在慢慢地左右转动。

太阳已经升起，把光和热倾泻到花园里。我提着篮子走到一个角落里，那儿有一丛天蓝色的飞燕草，立在盛开的雪白的百合花后面。我把装着小鸟的可爱篮子挂在飞燕草蔚蓝色的花穗之间，在那里最热烈、最明亮的阳光照在花朵上。和煦的风吹来，轻轻地摇晃着那些高高的花穗，篮子也随之摇摆。暖意如此强烈，那个可爱的小家伙立刻睁开了眼睛，静静地朝四周看来看去。这让我满心欢喜。我继续干着我的活儿，不时地望向它，看看它怎么样了，看到它慢慢恢复到原来的样子，可真让人欣慰。热烈的阳光给它注入了新鲜的生气。突然，它犹如翡翠般的闪光，一跃飞向空中；它在蓝色的花丛中颤动着，深深地潜入每一朵带“翅膀”的花儿，去吃那用花蜜做的早餐。

一天又一天，它整天都在花园里转来转去，累了就心满意足地靠在飞燕草边上的一根干枯的小豌豆枝上休息。它周围开满了玫瑰色的豌豆花，蜀葵的花则呈现出鲜艳的粉红色，带着蕾丝般的白边儿。蜜蜂们整天嗡嗡地在花丛里进进出出。蝴蝶们翩跹起舞。当有什么活物太靠近时，我的美人就腾空而起，拍动着闪亮的翅膀驱赶那活物离开，一直将其赶出花园的边界，然后凯旋，继续占据它的栖木。整个漫长而甜蜜的夏天，它都把那根小枯枝当成自己的家。也有其他蜂鸟经常在这个地方出没，但只有它属于这里。它们来来去去，只有它忠诚地守护着自己的栖木和飞燕草丛。它是那么温顺，无论人多么靠近它，它都不会惊起。它毫不畏惧地落在我的胳膊、手和头发上。我采花的时候，它会过来抢我手里的花。有时，我觉得它是花园里最迷人的生命。嫉妒的蜜蜂和蝴蝶也会追逐我带的花朵，有时会一路跟着我进到屋

《阴凉处》（从廊道眺望海洋）

纸上水彩 / 50 厘米 × 35.6 厘米 / 1892 年 / 柴尔德 · 哈萨姆 / 私人收藏

里。有一天，当我坐在葡萄藤遮阴的廊道里，它们宽大的绿叶和甜美的白花向上攀爬到屋檐与房顶。我看见蜂鸟盘旋在铺开的绿荫上方，飞来飞去，而且发现它们正在啄食散布各处的透明的大蚜虫。我很高兴，但也很谨慎地说，蜂鸟好像会欢快地吞掉每一只小蚊蚋。我原以为它们以花蜜为生，但它们似乎也很喜欢昆虫。

在日出前怡人的寂静中，我站在花园里，看着西边天空如圆形盾牌一样的满月颜色逐渐变浅，从紫铜色变成黄铜色，然后变成银白色，在镜子样的海面上投下静止的长长倒影，而深邃、纯净的天空在太阳即将升起前透出一丝玫瑰色的暖调。很快，令人难以直视的光芒在东方地平线的边缘燃烧起来；巨大的红色圆球开始滚动，露珠在千百道彩虹中闪闪发光。太阳的第一道欢乐光芒洒向这广阔世界的表面。在这些清新的早晨，别人还没有醒来时我就走进花园，暂时沉浸在完美的幸福中。在这清新宁静的神圣时刻，每一朵花的美丽面庞都在用一种无声的喜悦向我致意，让我感到无限满足。每一朵花都给了我它的颜色、它的优雅、它的芬芳，并以其圆满之美丰富了我。生命中的一切忧虑、困惑和悲伤，还有生活中的一切重担，都从我的肩头滑落，只让我保留一颗赤子之心——除了此刻天真无邪的幸福之外，别无所求。无数张喜气洋洋的脸转向我，似乎在用祝福的眼睛看着我。我感受着每一朵花的个性，发现自己像对待人类那样对待它们，和它们打招呼。“早上好，亲爱的朋友！你们一切都好吗？你们感到宁静和快乐吗？你们幸福和美丽吗？”它们平静而纯洁地站在那里，在我爱慕的目光中抬起头来，仿佛知道我对它们的崇拜——那么从容，那么甜美，那么容光焕发，我沉浸在它们幸福的宁静中。它们就像有感情的生灵，仿佛它们认识我、爱我，虽然不像我爱它们那样，但那种感情近乎一种信赖，依赖我的同情和关心，并以我对它们的喜爱为乐。我很高兴地想到，如果它们出了什么问题，如果一根藤蔓或嫩茎因缺乏支撑而下垂，或者有什么昆虫来折磨它们，或者从任何地方来的任何伤害威胁到它们，它们会对彼此说：“忍耐一下！她很快就会来的，她会发现我们的困难，她会帮助我们，然后一切都会好起来的。”

在花园中，空气里活跃着带翅膀的生命，它们的夏日生活最迷人——这些奇异的生物仿佛是从地下逃出来的。我们全然忘记它们曾在地上爬行、蠕动、吞噬和破坏，以蛞蝓、切根虫以及各种可怕的形态存在——当我们看到这些轻盈的生物扇动着翅膀翩翩起舞，摇摆，旋转，欢快地扶摇直上时，我们就都忘掉了。飞燕草的花穗被上面嗡嗡作响的蜜蜂压弯了。所有鲜花盛开处都活跃着五颜六色的蝴蝶，它们好像漂浮的花朵。而蜂鸟是一种永恒的乐趣。日出之前，空气中还带着夜晚的寒意时，蜂鸟就开始活动。它们就在那儿，在飞燕草的花朵上振动并发出轻柔的嗡嗡声，那些花儿本身就像振翅欲飞的精致蓝鸟；或者深深潜入忍冬芬芳的喇叭形花朵。当太阳的第一束光照到它们时，到处闪烁着翡翠和红宝石的光芒，它们就像有生命的珠宝。它们的无畏令人惊叹！我永远不会忘记，第一次有一只蜂鸟落在我的袖子上休息时充溢我内心的那种惊喜；它泰然自若，就好像我是一根木棍或者无害的小树枝一样！当我站在花前沉思时，麻雀和鸸经常会落在我头上，一动不动。但要让蜂鸟这电光石火般璀璨的小生命停在我这凡夫俗子的手臂上——就像它所做的那样——那可是可遇不可求的奇迹！如今这已是陈年旧事，但快乐从未消减。

8月18日。这天早晨日出时，我去寻找那只蜂鸟。尽管露水很重，花园还是很干燥，所以我拿起水管，打开水龙头，把整个花园都彻底浇了一遍。浇完之后，到处都挂满了水珠，尤其是在香豌豆的枝条上。它们表面粗糙的叶子和茎秆比那些光滑的植物更能牢牢抓住并保持水分，好像镶着许多闪闪发光的小球。那只温驯可爱的蜂鸟，它的家就在飞燕草花丛中，它对这突如其来的、让身心清爽的阵雨感到兴奋，在我周围嗡嗡响着，不断发出它那美妙、甜蜜、热切的声响。当我的喷洒一停，它就飞到它天蓝色的小屋旁边的香豌豆丛中了。它坐在一条已经被水滴压弯了的绿枝上，以最愉快的心情开始它的晨间沐浴。它拍打着小翅膀，不断低下头，摇着尾巴，浑身都湿透了。它的羽毛湿漉漉的，小小的身体看上去还没有大黄蜂大。然后，它飞了起来，落在支撑香豌豆的最高的那个支架上，支架都伸到飞燕草篱笆那里了。它坐在自己最喜欢的枝条上，迅速地整理它的羽毛，抖动身子，展开翅膀和尾巴，用细长的喙梳理它们，然后在穿过花园斜斜地照过来的明亮阳光下把它们晒干。它用爪子和喙把它那精致的服装弄得整整齐齐的，完全不在乎我这个狂热崇拜者站得离它那么近，近得都能用手指碰到它了。然后，它在花丛中飞来飞去，深入每一个带露的花杯，享用那芬芳的花蜜。

看着这些最为精巧的带羽毛的生灵，我不禁好奇，它们小小的翅膀如何能够带着它们飞越数英里奔涌不息、充满危险的海水，找到这个岩岛和它的花巢！当乘着脆弱的、颤抖着的小翅膀开始危险的旅行，穿越盐海荒原时，它们能否猜到在漫长的旅程结束时，等待它们的会是怎样的款待？它们有没有隐约感觉到，等待它们的会是温柔的欢迎呢？它们知道自己将被怎样崇拜和爱慕吗？我用一只小玻璃杯装满了蜂蜜般浓稠的糖水，把它固定在

《蜂鸟的家》

纸上水彩 / 35.6 厘米 ×25.4 厘米 / 1893 年 / 柴尔德·哈萨姆 / 私人收藏

香豌豆支架的丫枝上，好让蜂鸟们享用。结果，蜜蜂蜂拥而至，蚂蚁也发现了它。我希望蜂鸟们也能在那里饱餐一顿。

最近的一个早晨，当我在花园里忙碌时，一个小生物擦身而过，我以为它是一只蜜蜂；回头一看，我肯定那是只蜂鸟，但小得像个原子！它的样子我从未见过。我着迷地看着它，看它飞到这边，飞到那边，四处盘旋，呼呼作响正像一只蜂鸟，在一年生的飞燕草上疯狂打转。它的头和背部反射出一种带着绿色的金色光泽，这正是这种小鸟独特的颜色。它的尾巴短小，身上有一圈白，好像长着羽毛，就像它那斑驳的胸脯一样。它那明亮的黑眼睛和蜂鸟的一样，它的翅膀也以同样的方式嗡嗡作响。它的喙很短，当它从一朵花飞到另一朵花探寻花蜜时，我非常肯定它是一只新品种的蜂鸟，有史以来最微小的。我屏住呼吸，热切地看着它，完全被它迷住了。它非常温顺，在我周围飞来飞去，打量着我手里的花儿。突然，我发现它有6条腿！不是鸟，我对自己说，鸟的腿不会超过两条。我确信，它一定是世界上最神奇的蛾子。它是那么快乐，那么美丽，在明亮的阳光下，在我伸手可及的地方，那么坦然地飞来飞去！但我知道，对某人来说，它将是一件珍宝，所以我抛出一层薄薄的纱抓住了它，并用一点氯仿让它轻轻长眠。这是泰坦斯芬克斯蛾[4]，非常罕见，见于热带地区。

飞燕草下面耀眼的白百合这时开得正盛，像银白色的雪那样明亮，它们比飞燕草要高出好多。我真希望能用语言描绘出这些灿烂的飞燕草的色彩：各种交相辉映的蓝色，有的浅，有的深，有的像夏日的天空，娇艳的玫瑰色点缀着它们淡淡的天蓝色翅膀。花园之美，此时达到高潮。五彩缤纷的香豌豆光彩夺目，尽管遭遇干旱，它们仍表现得非常勇敢，因为它们的根被遮蔽得很好。它们开得如此繁盛，很难打理，尽管它们每天都会被修剪。毛剪秋罗的花床是一个色彩斑斓的湖，它的边缘是深红色的亚麻。各种颜色的罂粟都在燃烧。蜀葵也是一片绚烂，和它们的伙伴向日葵一样。每天，单瓣型大丽花都会绽放出新的花朵，带给我惊喜。茶香玫瑰花床会带来永恒的喜悦和惊奇。紫色的桑给巴尔睡莲在水桶里盛开，它奇妙的花杯永远浮在水面上。荷花高擎起它强壮、长柄的叶子，引得我热切地去寻找它应许要开的明艳的粉红色花朵——它的叶子上有神秘的记号，能高擎在水面上，真是令人惊叹。忍冬花在空气中吐露它们所有的芬芳。粉色康乃馨开得正艳。山蒿[5]用如云的绿叶和淡玫瑰色的花朵遮住门口的道路。金盏花、黄花蒿和金鸡菊聚集在一起，就像是炽热的太阳和星星组成的太阳系，到处鲜花盛开。黄昏降临时，在一些阴凉的角落里，烟草花上那些硕大的、芳香的星星也在闪耀。

“日本向日葵”[6]使它们绽放的每个地方都充满欢乐，它们是坚强的，一旦在花园里找到一个像样的立足点，它们就不会离开。我也不希望移走它们，尽管它们蔓延、生长、繁殖得很快，如果任由它们不受干扰地生长，就会占据很多空间。它们周围有一种难以描述的金色气氛，我想这是因为它们的花像杯子一样；它们从不像其他向日葵那样把花瓣展平。它们的花朵中间有一个小的棕色花盘，“放射状的小花”是深黄色的，向内弯曲多于向外弯曲。黄花蒿的花朵是饱满、浓郁的金黄色，形状像普通的小雏菊。金盏花呈各种黄色、橙色和火焰般的色调，灿烂夺目——有的花心是天鹅绒般的棕色，有的是孔雀绿，有的全部是金色，所有放射状花瓣都呈现出精致的色彩渐变。约翰·济慈吟唱过：“热情的金盏花！”[7]它们的确很热情，那炙热的色彩犹如白昼的阳光在照射。

深红的雅克米诺月季花期将过，但几乎其他所有的花都在盛时，整个花园同时绽放。我喜欢在阳光下，坐在门口的台阶上，拈花在手，沉思它的精妙之处和它对于美的精彩演绎，研究每朵花的每一个独特特征以及它奇迹般的存在中所蕴含的惊奇与欢欣。对我来说，这是一场盛宴，比鸟儿、蜜蜂和蝴蝶从花心采的花蜜更美味、更令人满足的盛宴。在我头顶上，电灯花的藤蔓垂下它绿色和紫色的硕大铃铛，旁边还有许多别的花。从两边涌上藤架的“路西法”[8]旱金莲真是名副其实的“荷光者”，它那鲜红的天鹅绒般的花朵几乎有一种启示性的品质。我拿着一朵美丽的“雾之恋”花，即古色古香的黑种草[9]，看着它那迷人的面庞。这种花开得晚，花期长，具有一种高贵的美感。它是星形的，有白、蓝、紫三色，雄蕊饱满，花药呈暖色调的红紫色，花瓣背面有纤细的叶脉，每种花瓣上都有淡绿色的细纹。它丰富的雄蕊簇在基部被8片更小的、颜色不同的内层花瓣包围，其细节之精妙，装饰之华丽，简直难以言表。它杯状花朵的每个硕大的外层花瓣都是弯曲的，末端带一个尖儿，使整个花朵看起来像星星一样。8片内层花瓣从中心向外辐射，高过较大的外层花瓣。它的叶子像一团柔和的绿色雾气。它有两个变种。双瓣型，尤其是白花那种的叶子会伸上来与花瓣混合在一起，这种植物的旧名“雾之恋”就是由此而来。单瓣型的品种是最好的。它们发出淡淡的八角香，是我所知道的最古雅、最有趣的花。

我喜欢仔细观察花园里绽放的每一朵花，不管它是什么花，竭尽一个凡人的微薄能力去研究它、记住它。哪怕你只是盯着一朵淡蓝的“勿忘我”小花看一会儿，也会发现有那么多的美在那里展开！一眼看过去，那繁星密布的花丛颜色可人；你也许会发

《晨星》
纸上蜡笔 / 50.8 厘米 ×61 厘米 / 1891 年 / 柴尔德·哈萨姆
耶鲁大学贝尼克珍本与手稿图书馆

现，被保护性的花萼包裹着的精致花蕾在开放前有玫瑰色、淡紫色等多种颜色。但除非仔细观察，否则一个人不会知道，在大多数情况下，天蓝色的花瓣是独特的心形。在金色花心周边围绕着一圈白色，犹如一串珍珠项链。直到细细观看，你才会发现这种效果是由每个花瓣底部白色褶皱的凹槽产生的。它看上去恰如戴了一串抛光的珠子。在它最深处的黄色圆环里有一个小黑点，那里有 5 枚雄蕊，淡绿色的雌蕊周围有一个紧密的圆圈，那里布满了小如微尘的淡黄色花药（花第一次开放时，它也是心形的）。除非年轻而且视觉敏锐，否则只有靠显微镜才能发现这些。不过，在口袋里放一个小小的放大镜（这是世界上最明智的举动之一），它可以打开许多未知的大门，通向造物的奇迹和辉煌。在这样微小的花朵中展现如此丰富的装饰，花费这么多奇思妙想！“大自然的鬼斧神工”[10]是如此慷慨，这一切是如此快乐，带给人的喜悦是如此无穷无尽，对人类灵魂的提升是如此神圣！

芬芳的木犀草的边缘，在小小的袖珍显微镜下展现出令人惊异的美。多么精致的细节，多么和谐的色彩，多么神奇的构造！我伸手拾取别人掉落在台阶上的一株鬼针草——多么灿烂的花啊！我总觉得它的样子有一种西班牙味道。8 片黄色的天鹅绒般的花瓣边缘呈锯齿状，中间是温暖的黄色，周围有刺绣般的红色装饰。鬼针草如此华丽，它的亲缘植物金鸡菊也是如此，它们都有两排萼片，靠近花冠的那一排是棕色的，又薄又轻，外面的一排要粗糙些，呈亮绿色。金鸡菊的中心更像野生的金光菊[11]，它的斑纹不像鬼针草那么繁复，而是一大簇更透亮的红色。所有这个科植物的花，如剑叶金鸡菊、金鸡菊，都是深红色和栗色的品种，都相当华丽，极具装饰性。

流连于每一朵绽放的花儿，欣赏它们的可爱之处，这是一个巨大的诱惑。但我还是放过耐心的读者吧，让大家自己去从事这些迷人的研究吧。

我对睡莲的悉心照料已经得到了足够的回报（尽管它们现在只长出了叶子，但它们以前开得很好）：水桶中睡莲斑驳的叶子漂浮在水面上，鸟儿在清澈的水中嬉戏，这些给了我很大的喜悦。许多可爱的生物在那里驻足饮水，歌雀每天都在那里沐浴。观察它们沐浴令人着迷，它们的方式非常优美：它们从水桶边缘跳到睡莲叶子上，叶子因为它们的重量而微微下沉，但它们总是能以自己的方式飞来晃去，勇敢地蘸水、溅水，直到自己完全湿透，然后坐在水桶边沿上梳理、晾干自己，待一切完成后便心满意足地唱起甜美的歌。

9月23日。此时，蟋蟀在草丛中大声鸣叫，山柳菊淡黄色的花潮遍布整个岛屿，秋天的蒲公英在它们细长的茎上缀满点点繁星。花园依然绚烂，依然是秋天。

要更多蓓蕾，
更多迟开的花，给蜜蜂，
直到它们认为温暖的日子永远不会停止，
夏天已把它们黏稠的蜂巢填得太满。[12]

最早开花的蜀葵站在那儿，除了它们越长越厚的、饱满的、圆圆的种荚外，什么也不剩了。晚开的牵牛花已经把自己缠绕起来，在茎上挂着白色、玫瑰色和天蓝色的铃铛。更晚开的植物的茎秆上开满了鲜花。香豌豆依然开着花，密密麻麻的花队有无数美丽的翅膀，粉红的、蓝色的、紫色的、红色的、白色的，仿佛随时准备要飞走。罂粟还在开花。毛剪秋罗[13]花开得正艳，周围簇拥着鲜艳的红花亚麻。金盏花的众多“星星”和“太阳”闪耀着无与伦比的光辉。盛开的单瓣型大丽花五彩缤纷，正在它们的全盛时期。一株金鸡菊就是一处景致，像一座金灿灿的小山堆在花园中央。各种向日葵花使它们的角落熠熠生辉。“雾之恋”一朵接一朵地开花，散发出神秘的魅力。紫菀花的色彩极其丰盛——我认为“彗星”[14]是所有品种中最可爱的。白色紫罗兰纯洁得耀眼，芳香四溢！当然，旱金莲还盛开着，照亮了每一个角落。福禄考花散发着光芒。紫盆花[15]穿着华丽的黑红色天鹅绒礼服，显得很漂亮。马鞭草是灿烂的。茶香玫瑰还在绽放。巨大的醉蝶花[16]扬起了玫瑰紫色的云团似的花朵，遍布整个花园。木犀草开满了茂盛的穗状花。三色堇盛极一时。各种颜色的光滑、完美的花朵怒放着，在炎炎夏日也没有如此繁盛过。香石竹粉红色的小花明亮而甜美。可怜的小玛格丽特康乃馨则被卷叶蛾幼虫折磨得太厉害，尽管我每天照料，它们到现在才刚长出蓓蕾。我要把它们移到室内，好让它们安全地度过冬天。在一个角落里，深蓝色的蓝雪花[17]开得很好，毛地黄长得又高又壮，虽然它们要到下一年才会开花。整个花园呈现一派繁花似锦、芳香四溢的景象，鸟儿、蜜蜂、蝴蝶和蜻蜓仍在园中出没；但蜂鸟已经不见，我不知道它们去了哪里，但知道它们今年不会再返回岛上。枯萎的藤蔓因为许多旋木雀、林莺、霸鹟[18]的停留而焕发生机。事实上，岛上到处都是正在向南迁徙的珍贵而陌生的鸟儿。在这里有几十只金色的啄木鸟，或者叫扑翅䴕[19]，或者叫黄鹀，它们有几十个引人注目的名字。此刻，两只大鱼鹰[20]栖息在最高屋脊的风向标上，飞起又落下，发出奇怪的、刺耳的叫声。这天早晨，一群大雁往南方飞去，飞得很低，我们可以看到它们羽毛的颜色和斑纹。熟悉的杓鹬像在春天那样甜美地鸣叫。

在这个宁静的早晨，花园外面柔和的绿色草坡平滑地向海边倾斜，蓬松缭乱的草叶上覆盖着厚厚的露珠，它们在初升太阳的照射下形成了无数破碎的彩虹。一丛丛野玫瑰在丰沛的阳光下闪耀着红色的果实。接骨木[21]丛中挂满了一串串紫色的浆果。金棒草和野生紫菀开花了，刚结的红色小果实如同一抹火苗照亮了越橘丛，[22]“这里那里，秋天用火一样的手指染红了树叶”[23]。在变幻莫测的光线下，灰色的岩石显得分外美丽。可爱的小岛连同它一切的形色和声音都沉浸在微笑的大海那浅淡的夏日蔚蓝中，仿佛是在6月，几乎没有海浪打破它幸福的平静。地平线上升起一层薄雾，颜色犹如5月可爱的天空那样是玫瑰灰色的，这薄雾轻轻地拥抱着美丽的世界。几朵白云飘散在湛蓝的天空上方。远处几只帆船闪着亮光。潮虽然涨满，却没有声响。我只听到蜜蜂在蜀葵丛中那令人昏昏欲睡的嗡嗡声。羽毛未丰的年幼歌雀初试啼声，跟着在寂静中不时鸣叫的父母学习如何吟唱甜美的歌。还有另外一些鸟的啁啾，它们是过境的鸟儿，比如朱雀和画眉、五子雀和迟来的知更鸟，以及哨声清脆的白喉林莺。[24]忠诚的小拖船“宾纳福号”停在“上湾”的码头上，多年来，它是我

《平水行船》

布面油画 / 50.8 厘米 ×61.6 厘米 / 1900 年 / 柴尔德·哈萨姆 / 纽约赫希尔·阿德勒画廊

们冬天与大陆通航的唯一船只。一只翠鸟栖息在它的桅杆上，发出叮叮当当的声音，它那漂亮的蓝灰相间的羽毛和白领在阳光下熠熠生辉。一个渔夫在一只闪闪发光的白色小船上收网，没有发出任何我能听到的声音。

这个季节如此宁静和甜蜜，小岛内外的一切都如此美丽：有时闪闪发光的海豹从海浪中浮出来，爬到海藻覆盖的岩石上晒太阳；在我的花园里，最小的花朵开放了；神奇的水母展开它那透明的大杯游来游去，时而膨胀，时而收缩，它的颜色就像一个巨大的蛋白石融化在了淡绿色的、半透明的水中；黄昏时分，当晚星在红彤彤的天空闪闪发光时，眼睛明亮的蝙蝠飞来飞去。这让我想起，整个夏天一到黄昏，就有一只白色的蝙蝠和它的黑色同伴幽灵般围绕这个地方飞来飞去。我以前从未听说过有白色的蝙蝠，但各种奇怪而非凡的生物在这里找到了它们生存的方式。我对出现任何事情都不感到惊讶。

潜鸟古怪的笑声又一次传到我的耳朵里，距离给它增添了一种悦耳而忧郁的声调。寂静的空气中，从灯塔岛一个险峻的岩架上传来警钟在摇摆的浮标上轻轻撞击的声响；它也许是在用绵延不断的、思绪万千的钟声纪念夏日和美好天气的逝去。

至此，一年的芳华行将消逝。微风从远处绿草如茵的斜坡上吹来野生腊菊[25]那辛辣的芬芳，蘑菇像珍珠一样散布在草地上。我在花园的花床上收集种子，与我心爱的鸟儿一起分享；种子足够多，大家都能有份儿。很快将迎来多变的天气，狂风呼啸，天空阴沉，寒流侵袭。是时候把我的玫瑰、百合以及其他花儿都收拾起来了，让它们在雪下安眠，度过漫长的冬天。我永远不会忘记它们，我会梦见它们在来年快乐的夏日苏醒的样子。

花园平面图和栽种的花卉清单

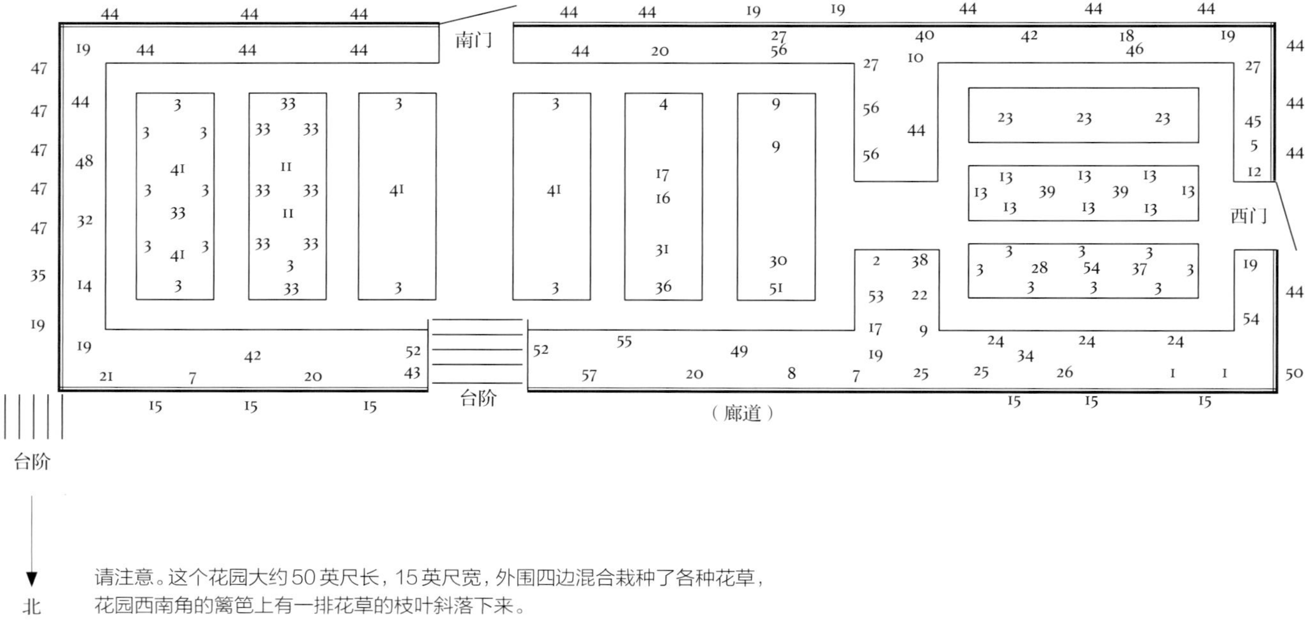

请注意。这个花园大约50英尺长，15英尺宽，外围四边混合栽种了各种花草，花园西南角的篱笆上有一排花草的枝叶斜落下来。

1. 木通（拉丁学名是 Akebia quinata）
2. 旱金莲（Asa Gray Nasturtium[1]）
3. 紫菀（Aster）
4. 紫菀（Aster）和花葵（Lavatera）
5. 矢车菊（Bachelors' Button）
6. 欧洲银莲花（Bride Poppy）
7. 白花铁线莲（white Clematis）
8. 蓝花铁线莲（blue Clematis）
9. 醉蝶花（拉丁学名是 Cleome spinosa）
10. 耧斗菜（Columbine）
11. 白花鬼针草（拉丁学名是 Coreopsis coronata[2]）和矢车菊（Cornflower）
12. 剑叶金鸡菊（拉丁学名是 Coreopsis lanceolata）
13. 深红色的福禄考（Crimson Phlox[3]）
14. 大马士革玫瑰（Damask Rose）
15. 野黄瓜（拉丁学名是 Echinocystus lobata）
16. 毛地黄（Foxglove）
17. 金鸡菊（Golcen Banner Coreopsis[4]）
18. 向日葵（拉丁学名是 Helianthus annuus）
19. 蜀葵（Hollyhock）
20. 忍冬花（Honeysuckle）
21. 啤酒花（Hop）
22. 胡格利亚花（Hugelia[5]）
23. 冰岛罂粟（Iceland Poppy[6]）
24. 雅克米诺将军月季（Jacqueminot Rose）、大马士革玫瑰和法兰西月季（La France Rose[7]）
25. 忍冬（Japan Honeysuckle）
26. 葎草（Japan Hop）
27. 飞燕草（Larkspur）
28. 薰衣草（Lavender）
29. 百合（Lily）
30. 黑种草（Love-in-a-mist）
31. 玛格丽特康乃馨（Margaret Pink）
32. 金盏花（Marigold）
33. 木犀草（Mignonette）
34. 东方罂粟（Oriental Poppy）
35. 牡丹（Peony）
36. 香石竹（Picotee Pink）
37. 罂粟花（Poppy）
38. 玫瑰色的冰岛罂粟（Rose-colored Iceland Poppy）
39. 毛剪秋罗（Rose Campion）
40. 苏格兰蔷薇（Scotch Rose）
41. 雪莉虞美人（Shirley Poppy[8]）
42. 单瓣型大丽花（Single Dahlia）
43. 雪花莲（Snowdrop）
44. 香豌豆（Sweet Pea）
45. 蓝香芥（Sweet Rocket）
46. 须苞石竹（Sweet William）
47. 向日葵（Sunflower）
48. 天蓝绣球（Tall Phlox）
49. 茶香月季（Tea Rose）
50. 葡萄叶铁线莲（Travelers' Joy）
51. 马鞭草（Verbena）
52. 葡萄藤（Vine）
53. 紫罗兰（Violet）
54. 壁花（Wallflower）
55. 睡莲（Water Lily）
56. 白百合（White Lily）
57. 紫藤（Wisteria）

补缀：花园余韵

一座小花园，一个未尽的传奇

当一座物理意义上的岛屿有了人迹，它便进入了“文明”的叙事之中。一座原本不太为人熟知的孤寂小岛因为一位女作家、诗人和园艺家而进入文学史和艺术史，成为一个文化景观，吸引着一代代的读者和访客。

一切从一个小女孩的孤独和喜悦开始。花花草草陪伴她度过了有些孤寂的童年，她则回馈给它们全身心的爱。后来，她在小岛上帮助父母、兄弟经营一家度假酒店，在自己的小房子前修建了一座小小的花园，并为此写了一本书。有许多作家、画家和游客来这里休假，许多人曾在这座花园旁边驻足。再后来，花园女主人病逝，酒店失火，花园荒废。又过了许多年，一些科学家和园丁恢复了这座花园，还种着当年那些品种的花。

这是一个小小的花园，也是一个未尽的传奇，事关地理、生态、文化、艺术，以及许多私密的体验。

一座小岛：
魔鬼的舞池

在美国东海岸的新罕布什尔州有一座临河的小城叫朴次茅斯，从穿过市区的皮斯卡塔夸河码头登上船只，沿着蜿蜒的河道航行，河水逐渐变宽，汇入缅因湾。从这个河口眺望，如果是晴天就能看到几个小小的岛屿，向东再航行约 10 千米就到了由 9 个小岛组成的肖尔斯群岛（Isles of Shoals）。其中，阿普尔多尔岛（Appledore Island）、雪松岛（Cedar Island）、鸭岛（Duck Island）、马拉加岛（Malaga Island）、脏鼻子岛（Smuttynose Island）等 5 个岛属于缅因州，星岛（Star Island）、怀特岛（White Island）、西维岛（Seavey Island）、伦敦人岛（Londoner's Island）等 4 个岛属于新罕布什尔州。

阿普尔多尔岛是群岛中最大的一个，面积为 95 英亩，约合 39 公顷，其大小实际上相当于一个中等规模的公园，岛上最高点仅 20 米。因为它隆起的部分很像猪背，所以最初被称为"野猪岛"（Hog）。

《肖尔斯群岛手绘导游图》

彩色印刷 / 68 厘米 ×50 厘米 / 1927 年 / 伊丽莎白・舒特莱夫绘图 / 波士顿行者公司

《朴次茅斯和肖尔斯群岛》
彩印插图（木板版画）/ 原作由 S.V. 亨特雕版 / J.F. 肯西特绘制
1874 年 / 纽约 D. 阿普尔顿公司出版

阿普尔多尔是一座岩石岛。约 30 亿年前，当时内陆海中被挤压的沉积物在构造板块的挤压下弯曲变形，成了一座古老的山脉，之后受到来自地球深处向上迁移的熔融岩浆的侵入，灼热的岩浆慢慢结晶，形成花岗岩、粗粒伟晶岩和深灰色的闪长岩。这些坚硬的岩石在强大的挤压下破裂，约在 1.8 亿年前，其中的裂缝被更多的岩浆填入，冷却后在基岩中形成了岩脉。从那时起，不断前进和后退的冰川持续研磨和刮削岩石表面，侵入、塑造了这里的岩层。

约 1.3 万年前最后一个冰川期消退之后，阿普尔多尔岛光滑如驼背的岩丘就裸露在了海面上，经历海浪的冲击，以及海风、阳光、降雪和结冰的洗礼。整个海岛裸露出来的岩石几乎都严重风化，乍看上去嶙峋而苍白。好在岩石之间还有些苔藓和地衣生长，风化的细碎岩粒，再加上海鸟的筑巢活动带来的东西，让岛上一些地方逐渐有了浅浅的土壤，一些植物顽强地在这些地方生长，带给这里一些绿色。

五六千年前，美洲原住民就在某些季节到访该岛。包括阿普尔多尔岛在内的几个岛屿上曾发现史前箭头和矛尖，可能用于狩猎海洋动物，脏鼻子岛上曾发现史前石器、陶器碎片和石片。

1614 年，约翰 · 史密斯船长对这里的海岸和岛屿进行考察。

他将附近的大陆命名为“新英格兰”，而用自己的名字将这组海岛命名为“史密斯群岛”。在他眼中，岛上“到处都是光秃秃的岩石，大部分长满了灌木和尖锐的荆棘，人几乎无法通过。没有草，也没有树，只有三四棵矮灌木一样的老雪松”[1]。1623 年，英国探险家克里斯托弗·莱韦特船长率领装满 6 艘船的 300 名渔民登陆了肖尔斯群岛的大部分岛屿，他注意到周围的海域是良好的渔场，有许多鳕鱼。1633 年，拥有新罕布什尔州的约翰·梅森船长和拥有缅因州的费迪南多·格尔吉斯爵士瓜分了这几个岛屿。

渔民发现了肖尔斯群岛附近的海域。从 1623 年开始，许多渔民在鱼汛季节到这片海域捕鱼，一些渔民发现其中一座岛上的海藻看起来很像海洋动物的鼻子，于是将那座岛称为“脏鼻子岛”。

早期的渔民生活在他们的船上，偶尔才在岛屿旁边临时落脚，但逐渐有人开始在岛上建造居所。1635—1640 年，有渔民一年四季都住在岛上，他们在这里耕作田地，养殖牲畜。渔民捕捞的海鱼大多制成干鱼运到欧洲销售，当时一些移民因此发家。比如，从英国德文郡普利茅斯来的威廉·佩珀雷尔就是在这附近捕鱼的“大篷车”渔船的船长。他曾在岛上修建临时住所，后来

《东北岬，阿普尔多尔岛》

布面油画 / 63.8 厘米 ×76.3 厘米 / 1901 年 / 柴尔德·哈萨姆 / 华盛顿美国国家美术馆

他的生意越做越大，拥有许多渔船和贸易船只，成了新英格兰地区数一数二的富翁，还担任殖民地的法官。

到 17 世纪中叶，野猪岛上生活了几百人，形成一个小镇——阿普尔多尔。镇上有小商店、小酒馆、码头、仓库、面包房等，渔民们不工作时最流行的消遣是赌博、喝酒和吸烟。据说，还有海盗、走私犯经常在此落脚，岛上流传着许多关于他们的故事。由于马萨诸塞州官员（他们在 1652 年吞并了缅因州）决定对野猪岛居民征税，1679 年（或 1680 年）夏天，40 户居民为了避税而从野猪岛迁到属于新罕布什尔州的星岛。许多人效法他们。1682 年，居民纷纷离去的阿普尔多尔镇解散，而星岛上形成了一个几百人的小镇戈斯波特（Gosport）。那是一块远离大陆的“无神之地”，吸引了一些传教士前去传教。

1775—1783 年美国独立战争期间，新英格兰的革命者怕这里会被敌人利用，于是强迫肖尔斯群岛的渔民到大陆生活，并拆毁了他们的家园。那以后只剩下一百来人还住在星岛和脏鼻子岛上，他们非常贫穷，与世隔绝。

肖尔斯群岛其实不太适合生活，所有岛上都没有溪流，一些岛上有下雨形成的淡水池塘和微小的泉眼。阿普尔多尔岛比较幸运，在它的北部、中部有 3 个淡水池塘，其中 2 个小池塘在干燥的夏天有时会变干，而较大的“水晶湖”（Crystal Lake）很少完全变干。然而总体说来，这个小岛也不适合定居。这里一年四季都涛声阵阵，岛上东侧的一处海湾每天都遭受着大西洋海浪的冲刷，尤其是冬季的东北风，有时会推动巨大的潮汐冲击海湾，带来浮木和各种残骸，看上去相当恐怖，人们把这里称作“魔鬼的舞池”。

一座酒店：
岛屿的夏日

1839 年，朴次茅斯人托马斯·莱顿（Thomas Laighton）决定到肖尔斯群岛中的一个小岛怀特岛担任灯塔管理员，这个决定让很多朴次茅斯市民感到惊讶。

托马斯·莱顿并非无名之辈。1805 年，他出生于朴次茅斯颇有资产的莱顿家族，家人主要从事航运和进出口贸易。13 岁时，他因斑疹伤寒发作而跛足，走路一瘸一拐的。他没有上过大学，可是非常聪明，自学成才，擅长数学，干劲十足，对许多问题有自己的看法。年轻时，他在商界和政界都十分活跃，与人合伙开了一家捕鱼公司，先后任朴次茅斯海关职员、邮政局助理局长。他还是民主党在朴次茅斯的团队的秘书，积极参与市内乃至州内的政治和公共事务，在当地有一定名望。1837 年，莱顿首次当选新罕布什尔州参议员，任期一年。1838 年，他担任在新罕布什尔州颇有影响的《新罕布什尔公报》的联合编辑。这份报纸创办于 1756 年，是新英格兰地区最古老的印刷报纸之一，直到今天仍以周报的形式出版，号称“美国历史最悠久的报纸”。

1839年春天，莱顿和姐夫约瑟夫·奇弗（Joseph Cheever）合伙从私人手中买下野猪岛、脏鼻子岛、马拉加岛和雪松岛，可能想用于开发渔业和航运业。同年4月，他再次当选任期为一年的州参议员，但在竞选州长时被击败。他一气之下接受了一份任命，就是去怀特岛当灯塔管理员。这看起来相当冲动，但也不乏精明之处，因为灯塔看守属于政府雇员，年薪600美元，这足以保证他一家的生活，而且那里也方便他就近研究如何开发自己买下的4座岛屿。

1839年10月，他带着妻子伊丽莎、4岁的女儿西莉亚和刚出生3个多月的儿子奥斯卡，举家搬迁到离岸10千米远的怀特岛。莱顿一家从此在海岛上扎下根来，而且从某种意义上改变了肖尔斯群岛的命运。

怀特岛上有一座始建于1820年的灯塔，那是新罕布什尔州唯一一座近岸灯塔，负责给在大海与河口之间航行的船只指路。灯塔用石头和石灰砂浆建筑而成，高约12米，在灯塔和灯塔管理员的房舍之间有一条木质通道，方便灯塔管理员通行。登上灯塔望出去，面积仅为2公顷的怀特岛尽收眼底，它看起来差不多就是一块从海里突出的大礁石。它与西维岛只有在涨潮时才被海

《怀特岛上的灯塔，肖尔斯群岛》
彩色印刷卡片 / 1901 年 / 底特律摄影公司

《新罕布什尔灯塔》（怀特岛）
纸上水彩 / 49.5 厘米 ×34.39 厘米 / 1886 年 / 堪萨斯市纳尔逊—阿特金森美术馆

水分开，退潮时可以从怀特岛步行走到西维岛的几块礁岩上。两座小岛上都无法种粮食，没有淡水，需要补给船只每周或者每隔 10 天运送物资以及大陆来的邮件。怀特岛上还有一艘长约 5.5 米的帆船和一艘平底小帆船。如果天气好，莱顿就乘船去其他岛屿或朴次茅斯，有时还会有家人陪同。

当时，在肖尔斯群岛中，人口最多的是星岛，大约有几十户人家，100 多常住居民，他们大多靠捕鱼勉强维持生计。岛上没有市政官员，没有正规学校，没有出生或婚姻记录，与大陆的城镇文化完全隔绝。其次就是脏鼻子岛，有 10 来户人家。其他岛屿都相当荒凉。

莱顿一家是怀特岛上唯一的居民。1840 年，莱顿夫妇在这里生下了二儿子塞德里克。在灯塔当看守的莱顿仍然和朴次茅斯保持着紧密联系，他在朴次茅斯有自己的公司。1841 年至 1843 年，他在朴次茅斯市政委员会担任了两年行政官员，其间他可能住在市内，不再担任灯塔看守。1843 年离任后，他重新被任命为怀特岛的灯塔看守员，一直干到 1847 年。

从 1841 年到 1847 年，这家人在怀特岛和脏鼻子岛之间交替居住了好几年。莱顿积极开发各种生意，比如经营杂货铺、批发海产、养羊等，1846 年还在脏鼻子岛上开办了旅社和酒馆“海中娱乐之家”（Mid-Ocean House），经常有大陆上的朋友慕名而来。

可能因为“海中娱乐之家”生意兴隆，莱顿有了更宏大的想法：为何不建一个更大、更豪华的酒店，把群岛中最大的岛屿野猪岛变成一个海岛度假胜地呢？

为此，托马斯·莱顿辞去了灯塔看守的工作，卖掉了自己在家族财产中获得的份额，准备在野猪岛上建造一座时髦、气派的夏季酒店。他遇到了来脏鼻子岛游玩的富家子弟利瓦伊·撒克斯特（Levi Thaxter），后者正在寻找人生目标，对海岛生活有浪漫的想象，而莱顿看中了他父亲的资源。两人相谈甚欢，利瓦伊说服他父亲出了一些钱；他们合伙筹建了夏季酒店。为了好听，他们把岛屿的名字改成阿普尔多尔——100 年前岛上小镇的名字。

1848 年 6 月 15 日，托马斯·莱顿主理的“阿普尔多尔之家”酒店正式开业。这是新英格兰海岸首批现代度假酒店之一，立即吸引了众多访客，让这座小岛成了新英格兰地区富裕人士心目中的度假胜地。

酒店改变了群岛的命运。每年夏天都会有数千人前来小住，还有很多人短期上岛来参观。酒店的轮船把客人从朴次茅斯运送到鲍勃湾北边的小码头。走入这个崭新的酒店，宽阔的长廊横跨岛上两座凸起的岩丘之间的低洼地带，延伸近 500 米。从酒店向西走几分钟就是一处隐蔽的小海湾，游客可以在布满鹅卵石的海滩游泳，在附近的球场上打网球，还有划艇和帆船可供娱乐。这个酒店一度成为当时美国东海岸的时尚场所。整个酒店可以住 500 名客人，餐厅可以同时容纳 300 人进餐。

从此，这片昔日的荒凉之地上经常可以看到衣着讲究的客人在阳光下散步、游泳、嬉闹。他们可以在环岛路上漫步，在岛上南侧欣赏古城垛的废墟，或者爬上东面的岩石观察大西洋的海浪撞击岩石海岸造成的地质景色。等到夜幕降临，人们纷纷聚集在酒店宽阔的廊道上，参加纸牌游戏这类社交活动，也可以独自在某个高处欣赏日落或雷雨过后的美景。不远处，不时传来孩子们的喧哗声和乐队演奏的管乐声。

阿普尔多尔酒店吸引的客人中有不少是当时文化艺术界的名流，如作家爱默生、亨利·沃兹沃斯·朗费罗（Henry Wadsworth Longfellow）、约翰·格林利夫·惠蒂尔（John Greenleaf Whittier）、哈里特·比彻·斯托（Harriet Beecher Stowe）、亨利·大卫·梭罗（Henry David Thoreau）、理查德·亨利·达纳（Richard Henry Dana）等文学名家。当时非常著名的挪威小提琴家奥勒·布尔（Ole Bull）曾在酒店中举办演出，著名的戏剧演员埃德温·布斯

（Edwin Booth）曾来这里度假。

纳撒尼尔·霍桑也在其列。从1852年9月3日起，霍桑到阿普尔多尔岛住了两周，这是他在鲍登学院的校友、当时正在竞选（次年当选）美国总统的富兰克林·皮尔斯（Franklin Pierce）推荐的地方。

当时，霍桑已经出版了他最著名的作品，包括《红字》《重讲一遍的故事》《七个尖角阁的老宅》等，声名正盛。在霍桑眼中，酒店主人莱顿是个“矮个、肥胖、圆脸的男人，如果不算老人的话，也上了年纪了。他走路有点蹒跚”。因为有著名人物皮尔斯的引介，霍桑自然得到了热情招待。

在日记中，霍桑记录了他对这座酒店的印象[2]：

> 我们登上阿普尔多尔岛，莱顿的酒店就在这里。那是一座前面有广场（或者叫廊道）的大建筑，大约有120英尺长，或者更长——是的，肯定更长。它是一座有一个中心和两个侧翼的大楼，中心部分有70英尺高。廊道一端是个遮阴的露台，有三四平方米大；坐在这里，微风从岛一侧的大海上吹来，吹向另一侧的海。在炎炎夏日，没有比这里更凉风习习、舒适自在的地方了。露台下方有两个秋千，

《游泳池，阿普尔多尔岛》[3]

布面油画 / 63.2 厘米 ×75.6 厘米 / 1907 年 / 柴尔德·哈萨姆 / 波士顿美术馆

《肖尔斯群岛》（“花式浴者”系列贸易卡片）[1]
商业彩色印刷 / 6.9 厘米 × 3.8 厘米 / 威廉·坎贝尔公司发行
1889 年 / 纽约大都会艺术博物馆

人们可以坐下休息，也可以去散散步，享受生活，而其他地方的人都在受苦。

霍桑也在日记中记录了岛上的植物、动物、岩石、海洋等景观：

岛上长满了枸杞和宾州杨梅，多得有些过分。羊啃掉了枸杞的枝叶，导致它们几乎没怎么结果实。如果用手挤压宾州杨梅，它会散发出一种怡人的香味。这个岛是一块巨大的岩脊，面积有400英亩，上面稀薄地撒着一些土。到处都是光秃秃的岩石，不是星星点点地冒几个尖儿；那些平坦的地表尽是岩石。我想，仅有的两棵树就是莱顿先生在酒店门前种的，较高的那棵看起来也还不到10英尺。现在太阳快下山了，“范妮号”载着邮件刚到停泊处。岛上是如此平静，能清清楚楚地听见船甲板上的声音（似乎是往小船上扔船桨），尽管船离得还有0.25英里。船的主桅上有星条旗在飘扬。船上似乎没有乘客。

……

岛上唯一的爬行动物是一种非常鲜艳和美丽的绿蛇，

数量极其丰富。昨天，我在捉蚱蜢做鱼饵的时候，差点把一条蛇抓在手里。事实上，我想我确实碰到它了。这条蛇和我一样受到惊吓，吓得挺起尾巴立了一会儿才恢复镇定，然后就溜掉了。这些蛇是完全无害的。

……

9月10日。又是一个美丽的早晨，太阳在晨曦中露出一抹笑靥。目之所及，4艘帆船停在海上一动不动，它们的白帆映照在海面上。炎热的薄雾沿着海岸沉睡着，没有完全遮住海岸，预示着今天又会是一个非常暖和的日子。然而，到目前为止空气还是凉爽而清新的。在岛的四周，微风吹拂着；但在一英里开外帆船所在的地方，大海是绝对平静的。蟋蟀在歌唱，我还能听到鸟儿的啁啾。

……

很难说清楚这些岩石海岸是怎么回事——它们是怎样被乱七八糟地抛在一起，散落在各个方向；多么坚固的岩架啊，上面突出的岩石多么嶙峋。这些岩石大多是破碎的、方形的、棱角分明的，挤在一起形如楼梯。这意味着在大多数情况下，需要极力跨大步才能登上它们。

……

有时，一种黑色的岩石穿过花岗岩层露出来；有时，海水会把这些物质侵蚀掉，留下一条又长又不规则的裂缝。在一些地方，也许是出于同样的原因，礁石上被挖出了一块很大的凹地，形成一个港口，海水流入那里；而且，虽然入口处有泡沫和怒涛，里面却相对平静。有些地方的岩壁垂直高度达50英尺，从上面往下看是一片光秃秃的光滑岩壁，岩壁的底部是一大片杂乱的海藻。但试图表达这种困惑是徒劳的。就像其他许多东西一样，在造物主完成创造世界的工作之后，一大堆多余的材料就被漫不经心地扔到了这里；而这只是从海里冒出来的百万分之一。在几千年的时间里，这里被零星地撒上了一点土。

星期天早晨，阿普尔多尔岛

纸上水彩 / 35.4 厘米 × 50.6 厘米 / 1912 年 / 柴尔德·哈萨姆 / 纽约布鲁克林博物馆

一位作家：
海岛米兰达

1852 年秋天，霍桑在阿普尔多尔岛上时，还见到了年仅 17 岁的西莉亚，她是托马斯·莱顿的女儿，利瓦伊·撒克斯特的新婚妻子。霍桑多次应利瓦伊之邀到他家中喝酒，听他和西莉亚唱歌，和他们夫妇闲聊有关幽灵的故事。

霍桑在日记中形容西莉亚是“可爱的米兰达”，米兰达是莎士比亚的戏剧《暴风雨》中的角色。米兰公爵普洛斯彼罗被流放到海上的孤岛，他带着不到 3 岁的女儿米兰达一起在岛上生活了 12 年之久。米兰达从未见过其他人类，未沾染世俗污垢，天真无邪。霍桑记录了少女西莉亚的状况：“撒克斯特太太坐在一间整洁的小客厅里，家具很简单，但格调很好。我想她现在还不到 18 岁，很漂亮，举止有贵妇人的风度——不拘谨，但又有足够的自由和稳重。桌上的书是《拉斐尔前派》、一本关于灵媒的小册子，等等。房间的一边有几排书架，墙上挂有版画。”

许多年以后，霍桑眼中的“米兰达”已经长大，成了饱经风霜的诗人和园艺家，她的一生始终与肖尔斯群岛有关。她成长在海岛，长眠于海岛，终其一生，海岛是她的精神家园，也是她的灵感源泉和写作对象。

1835年6月29日，西莉亚出生于新罕布什尔州的小城朴次茅斯。1839年，4岁的她就跟随被任命为灯塔看守人的父亲到了袖珍小岛怀特岛。后来，她回忆自己初次登上怀特岛的情景："秋季的黄昏，我们登上了那片孤寂可爱的岩礁。岛上的灯塔俯视着我们，如同一个头戴黑帽的高个子巨人，让我心中充满好奇和敬畏。有几只山羊站在灯塔下的岩石上，在红色天空的映照下，它们黑色的身影格外显著。星星开始闪烁，吹来的风冷飕飕的，带着海水的味儿。海浪的声响让我不知所措。有人点亮了灯塔里的灯，散发出鲜艳的红色和金黄色光芒，它们在半空中旋转。一切都是陌生的、迷人的、新奇的……"[5]

1839年12月，他们一家在怀特岛上经历了一场猛烈的暴风雨。"我们被狂暴的轰轰声中枪炮般的轰鸣所震撼——越来越近的声音，直到最后，雾气和海浪突然破裂，我们看到一艘正驶过的大船负重前行的船体冲向海岸……好吧，我清楚地记得，父亲的那只手紧紧地握住我正在颤抖的肩膀，逼着我往里看。"[6]那天晚些时候，西莉亚得知，那就是从西班牙返航的大帆船"波卡洪塔斯号”（Pocahontas）。整艘船撞到一处礁石上，船上的船员全部遇难和失踪。那是当时新英格兰地区的大新闻。

在岛上，西莉亚只有弟弟奥斯卡、塞德里克两个伙伴。正如她后来总结的：“在肖尔斯群岛上定居的人，必须学会的第一件事就是尽可能独立生活。”父亲在家中的花园里给女儿留了占地不足一平方米的“花园一角”，让她种植自己喜欢的金盏花。西莉亚从小就适应了独自阅读、玩耍的生活，也学会了帮助父亲点亮灯塔上的灯，擦亮反射镜和灯笼上的玻璃。坚忍、能干的母亲伊丽莎尽职尽责地照顾一家人，她的性格也影响了西莉亚。伊丽莎每年去朴次茅斯买一次布来缝衣服。有时，西莉亚会和她一起去。

后来，父亲把家人都安顿到旁边有渔民居住的脏鼻子岛上，西莉亚除了经常阅读和打理自己的小小花圃，也帮助母亲在酒馆中干些杂活。她懂得许多生活的技能，知晓许多海岛的故事。她的父亲十分重视子女的教育，自己教孩子们识字、阅读和算术。

1847 年秋天，托马斯·莱顿和 23 岁的利瓦伊·撒克斯特合伙在野猪岛上修建酒店。西莉亚一家搬到了野猪岛。莱顿请利瓦伊一边监督修建酒店，一边担任家庭教师教育自己的三个孩子。利瓦伊的到来影响了西莉亚的一生。他比西莉亚大 11 岁，来自波士顿一个富有而颇有名望的上流社会家族，父亲是银行家。可是腼腆又反叛的利瓦伊对商业和金融不感兴趣，在哈佛大学求学期间，经常和同学詹姆斯·罗素·洛威尔、爱德华·埃弗里特·黑尔、梭罗等聚集在波士顿超验主义者的聚集地伊丽莎白·皮博迪书店，讨论爱默生、勃朗宁、丁尼生等人的书。利瓦伊擅长朗诵诗歌，深受爱默生、霍桑等超验主义人文作家的影响，一度想成为戏剧演员，还去纽约学习了一年演讲，可是他并不适应闹哄哄的纽约，最终还是回到了波士顿。

1847 年 12 月 16 日，西莉亚在给朋友玛莎的信中说酒店基本修建好了，她自己正在读沃尔特·司各特的小说《艾凡赫》和《吉尔斯汀的安妮》。她喜欢唱歌，已经学会了苏格兰民谣歌曲《流过甜蜜的埃弗顿》，期望能去参加著名歌唱家“瑞典夜莺”珍妮·林德（Jenny Lind）的巡回演唱会。她在信中还提到，她的老师撒克斯特先生有一只漂亮的纽芬兰狗，它有宽阔的胸膛和大爪子，非常英俊。

1848 年，酒店开业了。第一年的生意不太好，利瓦伊也不喜欢经营酒店和干各种杂务。次年年初，他和莱顿解除了合伙关系；莱顿获得了酒店所有权，利瓦伊获得了酒店北面的小屋，继续住在那里担任莱顿家的家庭教师。1849 年秋天到 1850 年晚春，西莉亚去波士顿南部的芒特华盛顿女子神学院当寄宿生。其间，她曾去拜访利瓦伊一家，给他们一家和亲戚留下了良好的印象。或许，那时候他们已经互生情愫。利瓦伊熟悉莎士比亚的戏剧，无疑早就希望自己能和“海岛米兰达”结缘，对此期盼已久。

1851 年 9 月 30 日，刚刚 16 岁的西莉亚和时年 27 岁的利瓦伊在岛上举行了婚礼。次年 6 月，他们在阿普尔多尔岛上生下了大儿子卡尔。西莉亚年纪太小，生育困难。卡尔在分娩过程中可能被助产士弄伤了，走路有点一瘸一拐的，精神极度紧张，总是需要母亲的照顾。

利瓦伊一度在星岛担任临时牧师。1854 年，他们一家 3 口搬到了纽伯里波特（Newburyport），同年西莉亚生下了二儿子约翰。两年后，他们在牛顿维尔（Newtonville）的查尔斯河附近修建了自己的房子。到 1858 年，他们的第三个儿子出生，利瓦伊把自己在阿普尔多尔岛的股份及小屋都卖给了岳父莱顿。不过几乎每年夏天，西莉亚和孩子们都还是会去岛上的这个小屋消夏；西莉亚还在小屋外修建了一个 50 英尺长、15 英尺宽的小花园，也就是《岛上花园》描写的对象。

利瓦伊家境优裕，头脑聪明，可是他缺乏持续努力的素质，没有在写作或其他方面取得成就，也没有持续干某一行当的决心，一生过着无所事事的生活，依靠父亲的资助和留下的遗产生活，不困窘，也不特别富裕。他觉得妻子过度关爱长子，于是就比较关爱二儿子、三儿子。

西莉亚花了许多时间照顾长子卡尔，操持家务。不过，那时他们的家庭生活仍有许多快乐。丈夫喜欢诵读小说和诗歌，曾给她读过丁尼生、罗伯特·勃朗特、夏洛蒂·勃朗宁等人的诗作，以及哈里特·比彻·斯托的小说《德莱德》、拉斯金的《现代画家》和流行的《北极探险》等书籍。

让西莉亚能够从忙碌中放松一下的是阅读，以及每年夏天到阿普尔多尔岛上避暑的那些日子。她喜欢海岛，喜欢和自然亲近，也喜欢怀特的《塞耳彭自然史》，以及爱默生的《论文集》和由他主编的超验主义刊物《日晷》，或许也是梭罗的散文著作《马萨诸塞州自然史》、《康科德与梅里马克河上的一周》和《瓦尔登湖》的读者。她对“自然史”这类文体有浓厚的兴趣。她也开始尝试写作诗歌、散文。

西莉亚在文坛最初引起注意是在 1861 年。1860 年冬天，西莉亚收到了弟弟塞德里克的来信，信中回忆了他们在肖尔斯群岛度过的童年，这激起了西莉亚的思乡之情。作为回应，她写了一首诗寄给友人阅读，表达了强烈渴望回到海岛的情绪：“啊！大地，尽管你夏日那欢快的歌声会高高地飞扬，伴着胜者的旋律响彻天堂，而我则渴望那带着忧伤、给人以抚慰的海浪，唱着轻柔的歌儿粉碎在岸上。”[7] 友人把这首诗寄给了《大西洋月刊》的编辑，他们在 1861 年 3 月刊登了这首题为《内陆》的诗。西莉亚获得了 10 美元稿费，由此开始了她的文学生涯，持续在《大西洋月刊》上发表诗歌、散文。

进入文坛以后，她和当时新英格兰地区的文化中心波士顿发生了更多关联。《大西洋月刊》的所有者、波士顿著名的出版人詹姆斯·菲尔兹（James T. Fields）和他的作家妻子安妮·菲尔兹（Annie Adams Fields）非常欣赏西莉亚，将她介绍给了波士顿的文学圈以及查尔斯·狄更斯这样的名人。诗人惠蒂尔也多次鼓励她创作，还建议她多写一些关于岛屿生活的散文。

詹姆斯·菲尔兹是波士顿著名的出版人，是蒂克诺–菲尔兹出版社的合伙人，出版了惠蒂尔、爱默生、梭罗、霍桑、朗费罗等人的作品。安妮·菲尔兹出生在波士顿的一个上流家庭，20 岁时嫁给了比她大 17 岁的詹姆斯。她是一位有自己专长的作家，出版过诗歌和作家传记，还帮助丈夫发现了西莉亚、霍雷肖·阿尔杰（Horatio Alger）、萨拉·奥恩·朱厄特（Sarah Orne Jewett）、艾玛·拉扎勒斯（Emma Lazarus）等作家。这对夫妇位于波士顿查尔斯街 148 号的家活跃着许多文人，狄更斯、拉迪亚德·吉卜林（Rudyard Kipling）、马克·吐温、哈里特·比彻·斯托、亨利·詹姆斯也曾是他们家的座上宾。

在当时的欧美，女作家是稀有的。其中最有声望的或许是法国小说家乔治·桑（George Sand），1832 年，她凭借第一部长篇小说《安蒂亚娜》一举成名，此后产出众多，一生写了 244 部作品。雨果曾这样称颂道："她（乔治·桑）在我们这个时代具有独一无二的地位。其他伟人都是男子，唯独她是伟大的女性。"而在同一时期的英国维多利亚时代，勃朗特三姐妹写的《简·爱》《呼啸山庄》这类小说也曾受到一些关注，可惜并没有多大反响。对当时的英国和美国有教养的上流阶层读者来说，最著名的女性文人是勃朗宁夫人。1850 年，她出版了自己的诗集。1857 年她的诗歌小说《奥罗拉·莉》出版后，西莉亚也是读者之一。可惜，勃朗宁夫人在 1861 年就病逝了，那一年西莉亚刚登上文坛。

在波士顿，也出过一位在纽约和波士顿都相当有名气的女作家玛格丽特·富勒（Margaret Fuller）。玛格丽特·富勒是当时颇为活跃的女作家，也是爱默生和霍桑的红颜知己。她曾在波士顿伊丽莎白·皮博迪书店举办有关文学、教育、神话和哲学的讲座，主张男女平等，积极为女性争取地位。她在1845年出版的著作《十九世纪的女人》中主张年轻女性可以通过教育获得独立，发挥自己在各方面的才能，还坦率地探讨婚姻和男女关系，这让保守人士感到震惊，也引起了新派人士的广泛关注和议论。后来，她移居纽约和意大利，为报刊撰写关于社会、文化、文学方面的报道和评论，非常引人注目。不幸的是，1850年她从意大利返回纽约时死于海难。

与上面几位相对"外向"的女作家相比，西莉亚属于"内向"的作家，她更关注自己的生活体验和内心，而且她最擅长的文体是诗歌和散文，而不是读者更广泛的小说、报道和评论，尽管她也写过评论文字。

在当时的新英格兰地区，西莉亚是位特立独行的作家。她不住在波士顿或者纽约这样的文化中心，而是在小城和海岛生活，她关注的写作内容是自己在海岛的生活体验，并没有多少介入社会、文化争论的兴趣。而且，她无法当"全职作家"，在家中还要操持家务，照顾长子和一大家子的生活。丈夫利瓦伊似乎对妻子的写作才华心怀嫉妒，从不慷慨地赞扬她的写作，还把大多数家务推给她操持。在给朋友的信中，家务缠身的西莉亚忍不住抱怨自己的生活，称她的家为"家庭监狱"，让她感到自由的是每年度假时回到父母身边，回到岛上。

西莉亚大部分时间在家中一边操持家务一边抽空写作，真正能让她放松写作的似乎唯有在海岛上的时光。1866 年 5 月，她父亲去世了。为了陪伴母亲，1867 年夏天，西莉亚带着长子在岛上度过了夏天，除了写作、打理花园，她还会在酒店里帮弟弟招待客人，有时还在厨房里帮忙。而利瓦伊则带着两个年幼的孩子在大陆生活。

每年夏天在阿普尔多尔避暑期间，是她最轻松的时刻，除了照顾她的小花园，她常常在自家的客厅中举办小型音乐会，在门口的廊道和朋友相聚、闲谈。这段时间也可以说是她社交生活最频繁的时刻，她招待过作家萨拉·奥恩·朱厄特，还有画家威廉·莫里斯·亨特（William Morris Hunt）、柴尔德·哈萨姆（Childe Hassam）等朋友，邀请他们来参加家里的沙龙。夏天来度假的许多作家、画家、音乐家都和她熟悉。

西莉亚渐渐有了名气，她和丈夫的关系却日益疏远。1869 年初，丈夫利瓦伊患上了被他自己称为“胸部风湿病”的疾病，医生建议他去气候暖和些的地方疗养。4 月，他带着书、露营装备、枪支，与二儿子约翰、三儿子罗兰一起到佛罗里达度假和观察鸟类，而西莉亚和长子卡尔则去了阿普尔多尔岛。在接下来的

8 年里，这对夫妻过着近乎分居的生活，大多数时候西莉亚和大儿子在牛顿维尔过冬，利瓦伊则和二儿子、三儿子去佛罗里达度过冬季。西莉亚每年夏天都会到海岛住几个月，利瓦伊偶尔才会一同前去。

1872 年，西莉亚出版了自己的第一本诗集《诗集》(*Poems*)，次年又出版了第一本散文集《海岛生活》(*Among the Isles of Shoals*)——她之前发表在《大西洋月刊》上的一系列散文的合集，记述了她在岛上的见闻和思考。这本散文集颇受欢迎，也吸引了许多人来到岛上探访。许多人曾在自己的文章中描绘这里微风轻拂的海岸线、海边的岩壁，当然还有女作家的美丽花园。

当然，岛上的生活也不全是风花雪月，也有艰难、谣言、意外、经济交易，当然，还有死亡。

西莉亚的主要财产就是父亲遗留下来的一部分海岛的土地，除此之外就是她从写作中得到的稿费收入。1870 年夏天，两个弟弟买下了西莉亚从父亲那里继承的阿普尔多尔岛的股份。她还借给他们 2 300 美元用于建造酒店的附加建筑。1873 年，两个弟弟又以 5 万美元的价格卖出了阿普尔多尔岛 1/3 的土地。

1873 年 3 月，西莉亚带着大儿子卡尔登上阿普尔多尔岛一周后，就成了临近的脏鼻子岛发生的惊悚谋杀案的见证人之一。

在早春一个刮着寒风的晚上，28 岁的普鲁士移民路易斯·瓦格纳来到脏鼻子岛，为了盗取钱财，闯入一户熟人家中杀害了两名年轻女子。这立即成为岛上居民以及临海城镇传得沸沸扬扬的事件。西莉亚对这件凶杀案深感震惊，在给朋友的信中称路易斯·瓦格纳为“普鲁士魔鬼”。两年后，西莉亚发表了关于此案的文章《令人难忘的谋杀案》。

在岛上，时常会遭遇暴风雨。1876 年 3 月，小岛遭遇了可怕的暴风雨，酒店的游艇“孤星号”在停泊处沉没。十几天后，有一艘大帆船撞到了怀特岛和伦敦人岛，8 名船员淹死了，只有大副被冲到了沙滩上，得以生还。她和弟弟划船到伦敦人岛上，看到了散落在海滩上的帆船残骸和岩壁上躺着的 8 具尸体。尽管场景骇人，可是她似乎已经见怪不怪，回程时还捡了沉船落下的又厚又结实的船帆回家。

1876 年秋冬，为了照顾生病的母亲伊丽莎，西莉亚带着卡尔在岛上住了好几个月，她累得筋疲力尽，心情也很沮丧。为了舒缓心情，她开始在瓷器上作画——她称之为“中国画”。之前，她学过用水彩画速写，也喜欢东方艺术描绘花鸟的方式。冬天的海岛非常孤寂和无趣。整个冬天她为不同的人画了 114 幅画，包括各种杯子、碟子、盘子。她还给安妮·菲尔兹等朋友寄

彩绘陶器[8]

高 16.5 厘米 / 西莉亚 · 莱顿 · 撒克斯特 / 1888 年 / 纽约大都会艺术博物馆

送了自己画过的瓷器。她喜欢细致地描绘花鸟和自然景物，有时还会题写相关的诗句，就像中国文人画家那样。

1877 年 11 月 14 日早上，西莉亚的母亲在朴次茅斯的一处公寓病逝，一直陪伴在身边的西莉亚在母亲的枕头上撒满了最鲜艳的花朵——鲜红的天竺葵、金色的菊花和血红的玫瑰。在母亲的棺材入土后，她按照母亲的遗愿把一大片闪闪发光的常青藤叶子放在棺木上，希望母亲在另一个世界能永远活着。

还有一位画家在这座海岛上意外故去。住在波士顿的画家威廉·莫里斯·亨特出身名门，早年在意大利和法国接受绘画训练，是波士顿著名的肖像画家。他和西莉亚的丈夫利瓦伊是哈佛大学校友，曾多次来到岛上避暑，他还把自己的素描作品赠送给西莉亚夫妇。1879 年 7 月，患上抑郁症的亨特再次来到阿普尔多尔岛避暑、修养；他住在利瓦伊和西莉亚家二层的客房里。他喜欢坐在阳光明媚的廊道看花、听音乐。夏末，他在这里完成了最后一幅素描。9 月 8 日早上，他冒着小雨出门去散步，从此再也没有回来。西莉亚发现这位 55 岁的艺术家淹死在了一个小池塘里，显然是自杀。“我们把他抱了进来，给他盖上毯子，擦了又擦。这是可笑的，因为他已经死了好几个小时了。哦，当我们把他放下，让他最后安息的时候，他看起来是多么庄严啊！”[9]

当然，大部分时间这些小岛是安静的，甚至是孤独的。和她对话的是岛屿、大海、天空、植物和动物。

也是在1879年，利瓦伊花费9 000美元在基特里角的海岸边购买了约10公顷土地，从那里可以望见肖尔斯群岛。二儿子约翰想在那里养殖奶牛，利瓦伊计划带着家人搬到那里住。

1880年冬天，弟弟奥斯卡因为一段单恋而陷入抑郁，西莉亚陪他一起去欧洲治病和散心。他们乘坐远洋轮船去欧洲。这是她一生中唯一一次长途旅行。她对英国城镇布卢姆斯伯里和伯明翰缭绕的烟雾印象深刻。后来，他们又去了意大利的米兰、威尼斯、那不勒斯、罗马，德国的法兰克福，法国的尼斯、戛纳、圣玛格丽特岛、马赛、里昂、巴黎等地方匆匆游览了一圈。除了参观古迹名胜，她也时时关注各种新奇花卉，比如在米兰见到的金色康乃馨就让她念念不忘。直到1881年2月，她才和弟弟一起回到美国，搬到了基特里角的新家。从那时起，她和利瓦伊开始分居，不过并没有对外公开这一消息。1884年，丈夫利瓦伊死于慢性腹膜炎，安葬在基特里角。

每年夏季，西莉亚依然会去阿普尔多尔岛，住在自己的小屋中。那时，她已经是新英格兰地区或者说美国最著名的女诗人之一。1879年，她出版了诗集《浮木》(*Driftwood*)。1884年出版了《儿童诗歌》(*Poems for Children*)。她也开始写受众更多的儿童故事，成了许多中产阶级读者在火炉边阅读的作家。

在同一时期的女作家中，路易莎·梅·奥尔科特(Louisa May Alcott，1832—1888)的《小妇人》在1868年一出版就大获成功，名气更盛。她和西莉亚一样，也受到超验主义者爱默生、霍桑等人的影响，不过她写的是更加通俗的小说，更容易受大众的欢迎。而同样爱好花木的诗人艾米莉·狄金森(Emily Dickinson，1830—1886)当时还默默无闻，她在世时仅发表了几首诗，一直到逝世后4年，她的诗集才陆续付梓出版，那以后才受到重视。

波士顿的女作家圈子也有了新变化。1881年，詹姆斯·菲尔兹突然去世，安妮·菲尔兹和32岁的小说家萨拉·奥恩·朱厄特开始同居，形成了两个经济独立的女人的终身伙伴关系，即所谓的"波士顿婚姻"。除了是作家，安妮·菲尔兹还是支持女性权利的社会改革家。她创办了非营利餐馆"冬青树旅馆"，为职业女性提供廉价食物；开办了为未婚职业女性提供住宿的酒店"林肯街之家"；她参与了当地的多种慈善活动；她的书《如何帮助穷人》被用作波士顿联合慈善机构的非正式指南。而她的伴侣萨拉·奥恩·朱厄特是一位思想敏锐、观察细致的小说家，其作品大多描绘新英格兰小镇的市民生活，语言幽默而文雅，是一名正在冉冉升起的文学新星。她和西莉亚有来往，还私下里给西莉亚起了个外号，叫“矶鹞”，这是因为后者写过以此为题的诗歌，而且生活在海岛上。

与本身非常富有的安妮·菲尔兹、萨拉·奥恩·朱厄特可以全职投入写作不同，西莉亚从父母那里继承的财产有限，收入不太稳定，而且之前长期照顾病弱的丈夫、年老的母亲、精神紧张的长子，操持许多家务，所以她要付出更多的努力才能持续写作。

丈夫去世后，她似乎才从家务中解脱了一些，有了更多时间写作。1886 年是她的又一个出版高峰，她出版了两本诗集：《田园牧歌》（*Idylls and Pastorals*）、《神秘之旅和其他诗歌》（*The Cruise of the Mystery and Other Poems*）。

尽管已经相当有名，西莉亚依然很低调。朋友们都知道，日常生活中的西莉亚相当朴实和严肃。她喜欢自己缝制衣服，只穿黑色、灰色或白色的衣服，也很少有过分的“装饰”。她是一个简洁、热忱的人。“她说话简单而无所畏惧，锐利的眼睛注视着周围的一切。她用瞬间的笑声赞扬别人的机智，从不急于说话，也不愿意说话。”[10]

西莉亚很少对社会议题发表看法，既不喜欢当什么团体的头头，也不愿意把自己拖进公共场合发言。唯一比较显著的举动是，1886 年她主动在保护鸟类的公益团体奥杜邦协会的出版物上发表文章《女性的无情》，抨击那些穿戴有羽毛装饰的服饰、帽子的人，认为那些是“冷酷无情的标志”。她是奥杜邦协会的早期成员，是保护濒危鸟类的积极分子。

让她感到快乐的是，1887 年她的两个儿子约翰、罗兰都结了婚，次年她有了孙子。她离开基特里角，搬到了朴次茅斯道富街 47 号。那是一栋布置雅致的两层小楼，有 9 个房间，窗台上到处是她精心培育的各种花卉。从此，每年冬天和春天，她都会带着长子卡尔在朴次茅斯生活，次年 4 月到 9 月则去岛上居住。

那时，西莉亚的身体已经出现问题，精力大不如前。最初几次发病时，医生仅仅诊断为“过度劳累”，建议她多休息、少操劳。到 1890 年，医生说她患了胃神经痛，死亡的阴影已经出现在她的心头。她在写给友人惠蒂尔的信中说自己并不害怕死亡，唯一让她担心的是，如果自己离开了这个世界，将没有人照顾长子卡尔，他会非常孤独。

她是个闲不住的人，一旦精神好转就会抽空写作和画画。1893 年，她决定写一本记录从春天到秋天打理花园的小书，这本书的体例无疑受到怀特、梭罗等前人著作的影响。她事无巨细地记录了自己打理花园期间的各种琐事，以及一些个人的沉思。她请年轻的画家朋友柴尔德·哈萨姆为本书创作了一系列插图。

1894 年 3 月，她出版了这本讲述自己打理花园经历的《岛上花园》，首次印刷了 1 019 册，其中 22 幅插图和装饰画都出自哈萨姆之手。为她的新书做封面设计的是波士顿艺术家莎拉·怀曼·惠特曼（Sarah Wyman Whitman）。这位设计师是当时少见的女性艺术家，她师从波士顿著名艺术家威廉·莫里斯·亨特和威廉·里默（William Rimmer）。19 世纪中期在英国兴起的工艺美术运动，强调把艺术融入日常生活和日常物品。19 世纪 70 年代，这股风潮也传播到了波士顿，莎拉·怀曼·惠特曼就是受其影响的主要艺术家之一。她为《岛上花园》设计的封面犹如绿色草地上的“铁艺栅栏”，“栅栏”是有着纤细茎秆的野玫瑰花的图案，是典型的工艺美术运动风格的设计。

《岛上花园》出版两个多月后，1894 年 6 月，她再次回到了阿普尔多尔避暑。7 月 20 日，她在岛上给通信 5 年却没有见过面的鸟类学家、作家布拉德福德·托里（Bradford Torrey）写了一封信，那封信流露出时光将尽的感觉：

《岛上花园》首版封面
金色印花配浅绿色布面 / 17.1 厘米 × 23.5 厘米 / 1894 年
莎拉・怀曼・惠特曼设计 / 波士顿公共图书馆

《岛上花园》首版扉页

纸上水彩和扉页设计[11] / 25 厘米 ×20 厘米 / 1893 年或 1894 年

柴尔德·哈萨姆 / 波士顿公共图书馆

我随手写下这些话，仿佛是在恳求你在人群的旋涡过去，宁静再次降临我们这个小小世界的时候，抽空溜到这里来，让我们看看你，认识你。你能来吗？我们中的一些人也许会超脱生死。然而在这个特殊的存在状态，我们还不认识彼此，我想这将是一种遗憾。[12]

8月25日，西莉亚在阿普尔多尔岛的家中突然去世，享年59岁。她被埋葬在离她的小屋不远的地方，她的父母就安葬在那里。按照她的遗愿，家人和朋友在她的棺木上摆放着从她的花园采来的鲜花。她的弟弟、亲戚和一些朋友参加了葬礼。她的画家朋友阿普尔顿·布朗（Appleton Brown）和柴尔德·哈萨姆为她准备了一张甜美的海湾形状的床，把她的遗体放在上面。音乐家威廉·梅森再次演奏了她最喜爱的舒曼的曲子。老朋友詹姆斯·德·诺曼底（James De Normandie）发表了简短的致辞："我们已经看到了一个宽宏而仁慈的灵魂的消逝。"另一位朋友安妮·菲尔兹满怀深情地写道：

她的热情是多么令人愉快！像孩子一样纯洁和清澈！她和世上任何人都不一样，所以很少有人真正了解她。但

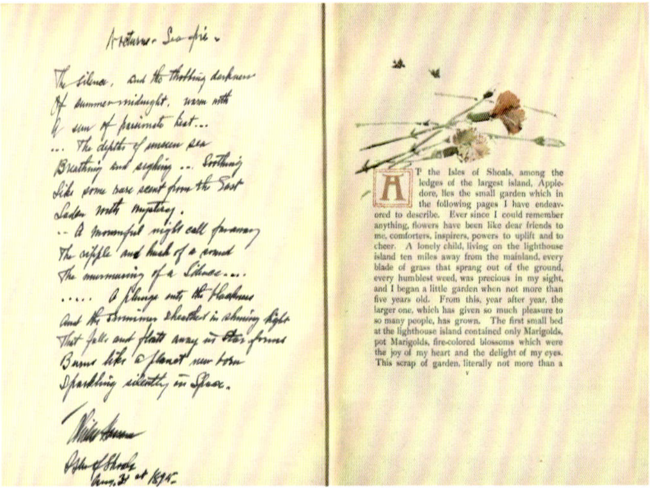

Nocturne - Sea-fire.

The silence, and the throbbing darkness
Of summer midnight, warm with
A sun of passionate heat...
... The depths of unseen sea
Breathing and sighing ... Soothing
Like some rare scent from the East
Laden with mystery.
.. A mournful night call faraway
The ripple and hush of a sound
The murmuring of a silence....
..... A plunge into the blackness
And the swimmer sheathed in shining light
That falls and floats away in star forms
Burns like a planet new born
Sparkling silently in space.

Childe Hassam
Isles of Shoals
Aug. 31st 1895.

AT the Isles of Shoals, among the ledges of the largest island, Appledore, lies the small garden which in the following pages I have endeavored to describe. Ever since I could remember anything, flowers have been like dear friends to me, comforters, inspirers, powers to uplift and to cheer. A lonely child, living on the lighthouse island ten miles away from the mainland, every blade of grass that sprang out of the ground, every humblest weed, was precious in my sight, and I began a little garden when not more than five years old. From this, year after year, the larger one, which has given so much pleasure to so many people, has grown. The first small bed at the lighthouse island contained only Marigolds, pot Marigolds, fire-colored blossoms which were the joy of my heart and the delight of my eyes. This scrap of garden, literally not more than a

v

书籍题字[11]

纸上墨水 / 1895 年 / 柴尔德·哈萨姆 / 佛蒙特大学珍本收藏

在我看来，她的磨难使她变得柔和、成熟，直到她变成自己美丽的花朵，在充分发育中臻于完美。然后在一个晚上，花瓣落了，她走了。[14]

8 月 29 日，得到消息的萨拉·奥恩·朱厄特给《岛上花园》的设计师莎拉·怀曼·惠特曼写了一封信通报这个消息，并预言西莉亚关于肖尔斯群岛的小书会像怀特的《塞耳彭自然史》那样广泛流传。果不其然，《海岛生活》和《岛上花园》的确成了西莉亚流传最广的两部作品，之后一版再版。

后人把西莉亚称作“岛屿诗人”，因为她一生大多数时间都生活在海岛上。正如她所言，“我永远也不能把我的心放在不属于大海的任何事情上”[15]。

一位画家：光影印象中

在西莉亚的葬礼上，她的画家朋友柴尔德·哈萨姆是护柩人之一。他和这座小岛也有一段悠长的故事。柴尔德·哈萨姆曾在晚年回忆他在肖尔斯群岛度过的“最愉快的几个夏天”，一群快乐、文雅、有趣、有艺术感的人夏日在那里相聚，让他觉得自己在那里“遇到了这个国家最优秀的人”[16]。他觉得西莉亚是最文雅的女士，多次描绘过她的岛上花园。

1859 年，柴尔德·哈萨姆出生在波士顿附近的小镇多切斯特，他最初的名字是弗雷德里克·柴尔德·哈萨姆。他的父亲是一名餐具商人，父亲收藏的美国文物激发了儿子对物质文化的兴趣。高中毕业后，因为父亲生意失败，哈萨姆只能辍学。1878—1881 年，他去波士顿跟随当地工匠学习制作木刻版画，主要是为信头、报纸和其他商业出版物设计黑白插图。1882 年，他成了一名自由职业的插画家，主要为儿童故事绘制插画，发表在诸如《哈珀周刊》等杂志上。与此同时，他在波士顿俱乐部

(Boston Club) 学习艺术，后来在洛厄尔学院 (Lowell Institute) 学习，开始创作水彩画和油画。

19 世纪 80 年代早期，柴尔德·哈萨姆在波士顿地区生活。大约在 1882 年他或许就到过肖尔斯群岛游览，还应一本杂志之邀描绘过阿普尔多尔岛上的地质景观“海王殿”[17]。因为海水不断冲击阿普尔多尔岛东北岬角的岩石裂缝，一点点粉碎连接两边的岩石块，逐渐形成了显著下陷的低凹，犹如微型的峡谷一样，其中两条被侵蚀的“下陷峡谷”交汇的地方看上去就像海边的厅堂一样。19 世纪初，这处微型自然奇观吸引了一些喜欢户外探险的人乘船前来游览和拍摄，人们将这里称作“海王宫”(Neptune’s Hall)。

1883 年，哈萨姆在波士顿举办了第一次水彩画个展。1884 年，去欧洲旅行回来后，他娶了凯瑟琳·莫德·多恩为妻，他们定居在波士顿南部。哈萨姆一边继续创作插画，一边开始更具雄心的水彩画和油画创作。他对记录现代生活场景有浓厚的兴趣，多次描绘波士顿的街道和人物，如 1885 年的作品《波士顿哥伦布大道的雨天》《波士顿黄昏》等都是如此。

1886 年夏季，在西莉亚的邀请下，27 岁的柴尔德·哈萨姆来到阿普尔多尔岛，参加了西莉亚主持的作家、编辑、艺术家和音乐家的沙龙聚会。当时，哈萨姆在波士顿还只是个小有名气的年轻插画家和水彩画家。在西莉亚的客厅里，活跃着阿瑟·夸特利（Arthur Quarterly）、阿普尔顿·布朗和罗斯·特纳（Ross Turner）等新英格兰地区更有名气的画家。

哈萨姆非常崇拜比他年长24岁的西莉亚，被她的热诚和才华所鼓舞。她也赞誉哈萨姆的创作，帮助他扩大影响。正是她建议哈萨姆放弃"弗雷德·C. 哈萨姆"（Fred C. Hassam）的署名，转而使用更有情调的柴尔德·哈萨姆署名画作和对外使用。

同年晚些时候，哈萨姆和妻子离开波士顿，搬到巴黎住了3年。当时，许多美国艺术家会前往巴黎留学和游历，这似乎已经成为惯例。哈萨姆先在朱利安美术学院（Académie Julian）学习了一年半，后来四处游览。在巴黎，他注意到莫奈、希斯利、毕沙罗等法国印象派画家如何处理明亮的光线和色彩，如何用短笔触快速绘画的技巧，画风有了巨大的改变。他也开始重点描绘巴黎街头的景观，这是他一向感兴趣的内容。1888年，艺术评论家乔治·威廉·谢尔登（George William Sheldon）称："唯一一个在城市——在公园、街道和屋顶——展开绘画生命的美国人是柴尔德·哈萨姆先生……他主要是在城市中寻找他的创作对象，那里穿着户外服装的女人充满魅力，那里相关的大气效果吸引着艺术家的画笔。哈萨姆先生的画讲述了有趣的故事，同时也记录了光与影最微妙的效应。”[18]

那段时间他仍然记得东海岸的这座海岛，在写给西莉亚的信中说：“我是多么喜欢在那儿小住，还有描绘月色和日落时的海洋。上周我在勒阿弗尔，从船上看到的夕阳让我十分怀念在肖尔斯群岛的日子。”或许，在巴黎看到了印象派画家莫奈日复一日地绘制他的花园、草地、树林，毕沙罗不停地描绘园林和菜园，这些都坚定了他想要持续描绘这座海岛的景观，从中扩展、深化艺术创作的念头。

1889 年，哈萨姆的画在巴黎世界博览会上赢得了铜奖。同年年底，他回到美国，从此定居纽约，很快他就成了冉冉上升的艺术新星。尽管住在纽约，可是夏天暑热时他还是喜欢到海滨度假胜地暂住，比如格洛斯特、普罗温斯敦、新港、老莱姆、考斯考伯等地，其中他最感兴趣的仍然是阿普尔多尔岛。

再次来到岛上，他对岩石、海水，乃至月亮的渲染逐渐变得大胆和更具实验性，强调颜色、光线和水的运动。从此，这座海岛成了他的缪斯。30 年间，他一次又一次来到肖尔斯群岛。许多夏日的早晨和傍晚，他都会带着便携式画架、画布和颜料盒，漫步走过岩石、卵石和碎石堆，跳过岩石间的裂缝和陷阱，爬上爬下寻找合适的绘画地点，然后快速把那些岩石、海水、太阳、月亮和天空形诸笔下。当然，那些画中也少不了西莉亚栽种的花卉。

在阿普尔多尔，他绘制了近300幅描绘风景的油画、水彩画、蜡笔画和彩色铅笔画，这些作品占他一生创作的近1/10。[19]他不仅描绘了西莉亚的小花园，还走到海岛四周描绘那些巨大的岩石、岩架和海湾，用画笔记录岛屿自身的地质构造，又向外眺望大海和邻近岛屿，描绘日出、日落、夜晚的海洋和海岛。他经常把画架放置在同样的窗台、岩石和海滩上，尝试改变站立的方向，在不同的时间，或在不同的天气条件下工作，试图用不同的画作捕捉光、云、雾等不同环境下海岛景观的特点。

就像莫奈一样，哈萨姆爱用细碎的笔触和纯净、明亮的颜色。他认为艺术家应该描绘自己的时代，按照自己的感受对待自然，而不是像摄影那样追求机械的精密。他的画有着丰富，甚至稍微有点夸张的色彩，可是仍然和真实的自然有关。他相当忠实地记录了可识别的地质和海洋特征：暗黄色的地衣隐约出现在岩石上，亮闪闪的深绿色海草、彩虹色的水母在海浪中荡漾，太阳照在钴蓝色海面上，白色的浪花像亮片一样闪闪发光。

正如1892年他在一个采访中所言：“好的艺术首先是真实

的。如果你往下看一条街，一眼就看见50英尺或100英尺外的一群人在移动，那你就不能看清他们的容貌或衣着的细节。凡是画这样一幅画并给你这样的细节的人，都不是根据大自然在眼睛和头脑里留下的印象来作画的。在艺术领域，'印象'一词已经被滥用。总的来说，对该术语的接受已经变成曲解……（'印象'）的确意味着唯一的真理，因为它意味着直接走向大自然寻求灵感，不让传统支配你的画刷……真正的印象派是现实主义。"[20]

1892年夏秋，哈萨姆在岛上避暑时绘制了好几幅描绘西莉亚的花园的作品。水彩画《祭坛与神龛》（*The Altar and Shrine*）描绘的是西莉亚的客厅，里面满是插满鲜花的花瓶和书籍。她在那里邀请客人一起欣赏音乐表演、一起闲谈，墙壁上挂着她喜欢的照片以及一些艺术家的作品，一些画作或许可供出售。另外，他还创作了《花园盛放时》和《花园中的西莉亚·撒克斯特》，这两幅作品后来都作为《岛上花园》的插图出现在书中。1892年7月9日至10日（或8月8日至9日），是满月的时刻，他在岛上绘制了一幅《月光》，描绘午夜过后月亮从高积云中落下的场景，那时潮水已经淹没了海湾。

1894年，在岛上避暑的哈萨姆又创作了一幅描绘西莉亚客厅的画《花屋》（*The Room of Flowers*），画中的房间到处摆放着插

《花屋》

布面油画 / 86.36 厘米 ×86.36 厘米 / 1894 年 / 柴尔德·哈萨姆 / 私人收藏

花、书籍和挂画，几乎遮住了一个年轻的女人——她斜倚在沙发上，正在右边前景里看书。就在这年秋天，西莉亚在岛上去世了。或许，这幅画就是对她最好的纪念。

那时，哈萨姆的画风已经相当成熟，并得到越来越多的肯定。一位评论家在《纽约时报》上称赞他说："只有极少数美国本土画家能在这么多方面取得成功，大海、风景、建筑、花卉、静物、动物、人物……他似乎能随心所欲地作画。他可以像他们中最好的画家那样完成作品，一样宽广，一样印象主义，一样丰富多彩，一切随心所欲。"[21]

西莉亚故去后，哈萨姆有几年没有到阿普尔多尔岛。时隔 5 年，1899 年夏天，哈萨姆再次来到了这座岛屿。此后，一直到 1916 年，他几乎每年都定期到那里度假、绘画，除了 1910 年他在欧洲之外。

此前，他主要描绘西莉亚的小屋、花园、酒店、鲍勃湾以及围绕海岛的环行路周围的景色。现在，他尝试走到更远的地方，到岛屿北部描绘那里的岩石和杂色岩架。他特别喜欢东北海岸锯齿状的岩石峡谷和海湾，那里风、潮汐、光线的变化让画家眼中的风景有许多微妙的差别，于是他一次次前往那里，创作了许多幅动人的作品。那是和他笔下的纽约与华盛顿的广场、街道、公园完全不同的世界，那里没有城市那样集中的人群和建筑，没有太多的文化象征物，仅仅是岛屿的地形、朝夕的日光、云雾的变化强烈吸引着艺术家。

有评论家注意到，哈萨姆的绝大多数作品都把阿普尔多尔描绘成一个寂静的、空荡荡的岛屿。实际上，夏天这座小岛大多数时候每天可能都有几百人度假，海滩上想必相当热闹，有些好奇的游客可能热衷到岛屿四周爬上爬下，可是哈萨姆的绘画很少描绘这些现代人的身影。对哈萨姆来说，这是他一个人的岛屿。

对他来说，描绘这些风景是他对大城市生活的一种逃离，一种对抗。他内心深处对这种带有野性的自然物有着深深的迷恋。他继续倾向于把调性主义和印象主义艺术结合起来，这是受到当时非常有名的艺术家詹姆斯·惠斯勒（James McNeill Whistler）的影响。[22] 在 20 世纪的头几年里，哈萨姆创作了一系列小尺幅的、色调大胆的作品。他站在"阿普尔多尔之家"及酒店南面的安德森小屋（Anderson Cottage）的门廊画日落时的大海、天空和其他岛屿。1907 年在岛上时，他在小小的雪茄盒的背面创作了一系列关于"日落"的小尺幅木板油彩绘画，那些画可能是他在鲍勃湾顶上的安德森小屋的门廊绘制的，那里是观赏日落、月夜、烟花的理想地点。或许是受詹姆斯·惠斯勒的启

峡谷，阿普尔多尔岛

布面油画 / 64.14 厘米 × 76.84 厘米 / 1901 年 / 柴尔德 · 哈萨姆 / 私人收藏

发，哈萨姆尝试捕捉夜晚神秘的光影、氛围，多次描绘了月下微微发光的海面。

当然，哈萨姆也描绘过岛上那些醒目的岩石、岬角。1906年和1907年夏天，他都描绘过海边的岬角西尔芙岩（Sylph Rock）。他从不同的角度描绘附近的景观，比如从环岛道路边上看西尔芙岩及其邻近的海湾、岩脊，以及东北1 600米处的鸭岛。他还从西尔芙岩边的斜坡上下去，然后转过身来描绘西尔芙岩石的正面。他的画作以极高的精确度记录了这块岩石和附近的地理状况，甚至没有忽略那些带着海藻痕迹的边缘。

1911年7月，哈萨姆在阿普尔多尔岛写信给朋友，说"岩石和大海是极少数不会改变的东西，它们真是神奇地美丽——比任何东西都更美"[23]！1912年，哈萨姆在阿普尔多尔岛创作了30多幅作品，大部分是水彩画，统称为"肖尔斯群岛组画"。

1912年之后，哈萨姆还曾几次回到这个海岛，可是那时他的创作热情似乎已经熄灭，很少再描绘那里。1916年之后，哈萨姆经常在附近的格洛斯特和纽约长岛南部的东汉普顿海岸度假、作画。

那时，他已经成为美国最著名的画家之一，被认为是美国印象派绘画的代表人物。1922年，美国作家艾伯特·尤金·加勒廷（Albert Eugene Gallatin）称赞哈萨姆是一个大师级的人物，可以和艺术巨人詹姆斯·惠斯勒、温斯洛·荷马（Winslow Homer）、约翰·辛格·萨金特（John Singer Sargent）并列。

尽管哈萨姆最出名的是那些描绘纽约、华盛顿、波士顿的街道、广场、公园的作品，可是阿普尔多尔岛似乎是他最恒久的一个主题，在那里他是为自己而画，在完全放松的状态下绘画。同时，那里也是他的实验场所，他在那里体会不同时刻、角度、环境下光影的变化，实验各种颜料组合和构图形式。从某种意义上说，有两个哈萨姆：一个是“纽约画家哈萨姆”，另一个是“海岛画家哈萨姆”。

一场大火：
毁灭和重生

西莉亚故去后，她的两个弟弟继续经营“阿普尔多尔之家”酒店和星岛上的海洋酒店。1899年，塞德里克·莱顿去世。1905年，奥斯卡·莱顿把“阿普尔多尔之家”卖给了一家大的酒店集团，又把星岛上的海洋酒店卖给了一家宗教团体，回到大陆生活。

1914年，阿普尔多尔岛的命运急转直下。这年9月13日，一场大火烧毁了“阿普尔多尔之家”、西莉亚的小屋和周围的多数建筑，也摧毁了岛上的旅游业。此后，那里就成了寂寥的废弃之地，酒店只剩下零星的地基，上面长满了灌木、漆树和紫叶稠李。花园也成了断壁残垣，只有几丛雪花莲、萱草和啤酒花藤残存。

这座岛屿的大部分地区很快就恢复了自然状态。曾经光秃秃的山丘长满了密不透风的灌木丛、野生浆果和毒葛毯。一两百种鸟经常在春季和秋季迁徙中途路过这里，其中有十来种鸟还会

《礁岩和海湾，阿普尔多尔岛》

布面油画 / 50.8 厘米 × 76.2 厘米 / 1906 年 / 柴尔德 · 哈萨姆 / 密歇根州底特律美术馆

在岛上筑巢，如野鸭、灰猫嘲鸫、黄喉地莺、歌带鹀、北美黑鸭、加拿大黑雁、白翅斑海鸽等。经常有数百只大黑背鸥和美国银鸥在这里产卵，它们的粪便给野生植物提供了充足的养料。

大火以后很多年，偶尔有一些好奇的游客到阿普尔多尔岛上一游。1928 年，新罕布什尔大学的一位动物学教授弗洛伊德·杰克逊（C. Floyd Jackson）在阿普尔多尔岛建立了一个夏季海洋动物学实验室。1940 年，军队接管了这座岛屿，大学的实验室只能停止。军队在岛上修建了一座钢筋混凝土的瞭望塔，成了迄今为止岛上最高的建筑。

1966 年，康奈尔大学在这个海岛上开设了海洋生物学的暑期课程。1973 年，康奈尔大学和新罕布什尔大学正式创建了肖尔斯海洋实验室（Shoals Marine Laboratory），这是一座户外气象观测站和海洋环境研究中心。除了继续使用 19 世纪残存的房屋，研究所还出资修建了几座新建筑用来办公和研究，其中大部分由太阳能驱动。

实验室的首任主任约翰·金斯伯里（John M. Kingsbury）博士对海岛的历史和园艺感兴趣。在阅读了西莉亚的著作后，他于 1978 年招募园丁部分恢复了这座岛上花园，里面种植的还是《岛上花园》中提及的那些花木。花园中高高的花床和栽种的鲜花基本都遵循西莉亚的计划，她当初栽种的雪花莲、啤酒花藤和萱草仍在花园里生长。其他植物则每年在新罕布什尔大学汤普森应用科学学院的温室中种植，然后夏天移栽到这里。从 20 世纪 90 年代开始，这里成了游客们参观的地方，其中许多是《岛上花园》的读者。

这座海岛一年四季都在海雾的包围中，沉积的海盐影响岛屿植被的生长、形态和繁殖，加上土壤很薄，很难有大树在这里成活。如今，这座岛屿上有近 200 种植物，大多是人工引进的，其中包括新引进的植物，如紫色千屈菜、虎杖。而野生的植物群落主要是生活在盐沼周围的十来个海洋灌木丛和海洋草甸。

两个展览：

艺术和文学

许多年过去了，依然有人记得西莉亚和肖尔斯群岛的关系。有人在星岛设立了西莉亚·撒克斯特博物馆，展示她的诗歌、手稿、手绘瓷器、“阿普尔多尔之家”的旧物、历史照片和一个小小的图书室。

近年来，西莉亚作为画家的身份也逐渐得到研究。事实上，在她开始动笔绘画之前，她就是英国艺术评论家约翰·拉斯金的艺术著作的真诚读者，她对绘画一直有浓厚的兴趣，乐于和画家们打交道。她在海岛上的客厅也是一个小小的展厅，里面展示了她的朋友们的创作。西莉亚曾在陶瓷用具上绘制了几百幅作品，她称之为“中国画”。无疑，她知道并喜欢东方艺术对植物的描绘方式。她在创作《岛上花园》一书时也格外重视插图，哈萨姆的一系列作品为该书增色不少。

也有艺术评论家开始关注柴尔德·哈萨姆和这座海岛的关系。1990 年，策展人大卫·帕克·库里（David Park Curry）策划了展览“柴尔德·哈萨姆：重访岛上花园”（Childe Hassam：An Island Garden Revisited），探讨这位艺术家与肖尔斯群岛之间的长期联系，重点是他与诗人西莉亚·撒克斯特的关系，以及她的“岛上花园”构成的文化网络。

2010年初，北卡罗来纳州美术馆策展人约翰·科菲（John W. Coffey）再次注意到了柴尔德·哈萨姆的海岛绘画，他感兴趣的是：每一幅画具体是在哪个地方、从哪个角度绘制的？他寄了一封信给岛上的肖尔斯海洋实验室，并立即得到了实验室负责岛屿和沿海项目的助理主任哈尔·威克斯（Hal Weeks）的回复，后者正在做一个把当代照片与哈萨姆的画进行对比的项目，于是两人立刻开始合作。之后，离朴次茅斯仅一小时路程的皮博迪·埃塞克斯博物馆（Peabody Essex Museum）的策展人奥斯顿·巴伦·巴伊（Austen Barron Bailly）也加入了这个展览项目。

2016年，他们推出了联合策划的展览“美国印象派画家：柴尔德·哈萨姆和肖尔斯群岛”。这个展览和相关的研究从视觉文化角度重新审视柴尔德·哈萨姆的创作，不仅探究他绘画的笔触、风格，也探究他的个人经历，他和朋友、场所的互动，他在当时的文化生态中受到什么影响、做出了怎样的举动，甚至引入科学家的视角来审视这位艺术家和这座海岛，跨学科的研究让人

《南侧礁岩，阿普尔多尔岛》

布面油画 / 87 厘米 ×91.6 厘米 / 1913 年 / 柴尔德・哈萨姆 / 史密森尼学会美国艺术博物馆

们对艺术作品和这座岛屿的理解更深入，也更有趣。

这些展览让许多人对西莉亚、哈萨姆有了新的兴趣。尽管已经有这么多研究和展览，这座岛屿的故事并没有完结，还会有新的人进入岛屿，有新的事情发生。一些摄影家、画家仍然在创作有关这座小岛的作品。

100 多年前的阿普尔多尔岛曾是文学和艺术链接的场所，就发生在西莉亚的客厅。那是蒸汽轮船、火车联结人们的时代，便利的交通让产自中国的牡丹、蓝雪花得以进入她的花园。如今，飞机和互联网把更多的人联系在一起，我们可以更加便捷地读西莉亚的书、欣赏哈萨姆的绘画。时移世易，园艺、艺术、旅行、阅读都变得与那时大相径庭。可是，我们相信，依然有人会怀着期待与一朵花相偎，与一幅画相对，与一本书细语。不管这次偶遇发生在海岛上，还是在某个博物馆、图书馆乃至手机上，都值得。

注　释

题　献

1　玛丽·海明威（Mary Hemenway）是当时波士顿有名的富有人士、慈善家，她赞助了西莉亚·撒克斯特《岛上花园》一书的出版。——译者注（如无特殊说明，本书注释皆为译者注）

引　言

1　1 英里约为 1.6 千米。——编者注

2　指的是怀特岛（White Island）。1820 年，美国国会拨款 5 000 美元，在怀特岛上用石头、砂石、灰泥垒砌了一座灯塔，外面包着木板，那是新罕布什尔州唯一的一座近海灯塔。1859 年，政府用砖石重修了这座灯塔，它高出平均水位差不多 26 米，灯塔和看守人的小屋之间有一条三角形的木制通道。1839 年，本书作者西莉亚的父亲到这里当灯塔看守，他带着 4 岁的西莉亚等全家人在这里生活了一段时间。

3　1 平方码约为 0.84 平方米。——编者注

4　指的是拜火教信徒，尤指 7—8 世纪为了逃避宗教迫害而从波斯逃到印度的拜火教信徒。印度人称他们为“帕西人”（Parsee），即“波斯人”。

5　引自 19 世纪英国诗人、剧作家罗伯特·布朗宁（Robert Browning，1812—1889）的诗集《戏剧抒情诗》中的《鲁德尔致的黎波里夫人》。

6　锦葵（Mallow）是指欧洲常见的锦葵属的开花植物，如欧锦葵（Malva sylvestris）、麝香锦葵（Malva Moschata）。

7　引自《比昂的哀歌》，由公元前 150 年活跃在西西里的田园诗人摩斯科斯用古希腊语创作。

第一章

1　作者说的“罂粟”泛指虞美人、冰岛罂粟、黑环罂粟、阿尔卑斯罂粟、

加州罂粟、鸦片罂粟等罂粟科观赏植物，以及毛茛科银莲花属的欧洲银莲花（又名罂粟秋牡丹）等。罂粟科有上百种植物，其中许多属于园艺观赏类，但单瓣鸦片罂粟（Papaver somniferum）及其变种大果罂粟，以及部分刚毛罂粟，因为可提炼鸦片，在中国和其他一些国家属于违禁品，不可私自栽种。

2 在阿拉伯神话中，Genie 可译成“神怪”“精灵”“灯神”等，通常是上身为人、下身为蓝色雾气的形象，出现以后可以满足人们的各种愿望。《一千零一夜》等故事中常有栖身在瓶、壶、灯等容器中的精灵。

3 引自一首流传甚广的赞美诗《神圣纯爱》（*Love Divine, All Loves Excelling*），其作者是 18 世纪英国卫理公会的领袖查理·卫斯理（Charles Wesley，1707—1788），原诗是“迷失在神的惊奇、爱和赞美中”。

4 在基督教中，vale of tears 的字面意思是“流泪谷”，可与汉语的“苦海”对应。《圣经·旧约》中有这样的表达。在英语中，它用来指悲伤和苦难本是人生的本质。

5 19 世纪初，这句话常被许多著名人物引用。最早可能是约翰·菲尔波特·柯伦（John Philpot Curran）提出来的，即“上帝赋予人自由的条件是永恒的警惕”，后常被人们当成美国政治家托马斯·杰斐逊（Thomas Jefferson）的名言并简化成文中引用的形式。

6 指的是翩蛱蝶（Euptoieta claudia）的幼虫，一般是橙色、红色，其中带刺的毛虫被称为“三色堇虫”（pansy-worm），因为它们喜欢以三色堇、紫罗兰等植物的叶、花为食。它们长大后会变成一种橙色的蝴蝶，翅膀上有方格或斑点。

7 巴黎绿的学名是醋酸铜合亚砷酸铜（Copper acetoarsenit），又名乙酰亚砷酸铜、醋酸亚砷酸铜，是翡翠绿颜色的结晶粉末，可用作杀虫剂、颜料、木材防腐剂等，后因毒性太重被部分国家禁止使用。

8 科文特花园市场（Covent Garden Market）：16 世纪初，这里是伦敦威斯敏斯特大教堂修士们的菜园，后被英王收走并赏赐给贝德福德伯爵家族。1630 年，第四代贝德福德伯爵委托英国建筑师伊尼戈·琼斯（Inigo Jones）在此设计、建造了圣保罗教堂和三面带帕拉迪奥式拱廊的建筑群，把这里开发成有住宅、教堂和大型广场的地产项目。17 世纪中期，逐渐有商人聚集在露天广场上出售商品。随后因为附近修建了皇家歌剧院，这里变得更加热闹，成了伦敦有名的市场，主要出售蔬果、园艺商品等。1830 年，建筑师查尔斯・福勒（Charles Fowler）在这里设计、修建了覆盖着玻璃穹顶的新古典主义风格的建筑。如今这里依旧是伦敦有名的市场。

9 切根虫（cutworm）是许多蛾子幼虫的俗称。它们白天隐藏在垃圾堆里或土壤中，晚上或阴天出来吃植物。它们通常会攻击所遇到的第一部分植物，也就是幼苗的茎，会将其切断，因此得名。

10 1 英寸为 2.54 厘米。——编者注

11 歌雀的动物学正名是歌带鹀（Song Sparrow，拉丁学名是 Melospiza melodia），其外观和麻雀相似，有着黄褐色和灰色相间的美丽羽毛，白色的胸部有醒目的条纹。它是北美最常见的小鸟雀之一。和其他许多鸣鸟一样，雄性歌雀用歌声来吸引异性，也用歌声恐吓外来者，保卫自己的领地。

12 1 英尺约为 30 厘米。——编者注

13 壁花是对原产南欧的多种十字花科糖芥属观赏植物的俗称，此处很可能指英国、美国花园中比较常见的桂竹香或糖芥（拉丁学名是 Erysimum amurense）。它们一般在春天开黄色、橙色或褐色的有香味的花，花期持续时间较长。

14 宾州杨梅（Bayberry）是北美洲东部的一种落叶性灌木，具有芳香的叶子，其球状果实外的蜡层可用来做香烛。

15 原产南欧的三色堇（拉丁学名是 Viola tricolor）很早就是南欧人工栽培的观赏花卉，这种花杂交变种众多。19 世纪早期，英国园艺家威廉・汤普森（William Thompson）将三色堇与高山堇菜（拉丁学名是 Viola lutea）、阿尔泰堇菜（拉丁学名是 Viola altaica）杂交，培育出了具有多种新色型的大花三色堇（拉丁学名是 Viola × wittrockiana）。作者栽种的应该是大花三色堇的各种变种。

16 吉利花（Gillyflower）这个词现在很少用。19 世纪以及在此之前的人用它指多种芳香植物，比如乔叟、斯宾塞和莎士比亚用它指康乃馨（香石竹），也有人用它指紫罗兰（拉丁学名是 Matthiola incana）和桂竹香。从上下文的描述判断，作者在这里指的应该是某种紫罗兰花。

17 此处的“爱丽丝公主”（Princess Alice）可能是指一种紫罗兰，也可能是指 1854 年英国维奇园艺公司（Veitch）用杜鹃花和西里特木培育出来的一种芳香观赏花卉，开粉白色的花，芳香浓郁。

18 皮斯卡塔夸河（Piscataqua River）是美国新罕布什尔州和缅因州的界河，长 19 千米，向东流经朴次茅斯市北侧入海。

19 山药（Cinnamon Vine，拉丁学名是 Dioscorea batata）是从亚洲传入北美的藤蔓植物，块根也是一种食材。

20 这里的 Woodbine 是多种相似开花植物的笼统说法，在北美人眼中，多指原产欧亚大陆的忍冬属观赏植物香忍冬（Lonicera periclymenum）和原产北美的地锦属木质藤本植物五叶地锦（Parthenocissus quinquefolia）。此处，从上下文判断应该指前者。

21 北美说的家燕雀（house martin），一般指紫崖燕（purple martin，拉丁学名是 Progne subis），有时也指崖沙燕（Riparia riparia）。

22 引自英国维多利亚时代的著名诗人阿尔弗雷德·丁尼生（Lord Alfred Tennyson，1809—1892）的《四季歌·春》（The Seasons Spring）。

23 家燕（barn swallow，拉丁学名是 Hirundo rustica）和前文的家燕雀是两种不同的鸟。矶鹞（Sandpiper）是对许多鹬科滨水禽鸟的笼统称呼，北美常见的有矶鹬（拉丁学名是 Actitis hypoleucos）等 10 多种。

24 指的是动物分类学中的白喉带鹀（拉丁学名是 Zonotrichia albicollis），一种小型鸣禽，头部有独特的标记，背部为褐色，有黑色条纹，与雀科的鸟类相比较为细弱。

25 引自英国著名诗人约翰·济慈（John Keats，1795—1821）的《夜莺颂》（Ode to a Nightingale）。

26 杓鹬（curlew）指杓鹬属的多种滨水鸟类，羽毛为灰色或棕色，有条纹，有比较长的脖子和腿，它们在水滨用长喙来探测滩涂上的小鱼和虾蟹之类。作者见到的可能是长喙北美麻鹬（Long-billed Curlew，拉丁学名是 Numenius americanus）或云斑塍鹬（拉丁学名是 Limosa fedoa）。这两种鸟在 19 世纪因为狩猎而大量减少，后来因为动物保护而数量逐渐增多。

27 知更鸟（robin）指北美常见的旅鸫（拉丁学名是 Turdus migratorius），北美俗称美洲知更鸟（American Robins）。这种鸣禽胸毛呈铁锈红且上部羽毛呈灰色和黑色，春夏季节经常在院子和公园觅食。

28 欧洲人说的“黄鹂”（oriole）是黄鹂科动物，欧洲移民到了美洲后对当地类似的黄色羽毛的鸟也这样称呼。动物学家认为这两类鸟有分别，将美洲的数十种鸟归为“拟黄鹂科拟黄鹂属”。作家书中所说“黄鹂”，就是动物分类学中的“拟黄鹂属”的鸟。

第二章

1 弗朗西斯·培根（Francis Bacon，1561—1626）是17世纪初英国著名哲学家、博物学家、政治家。引文源自他1625年发表的散文《论花园》（Of Gardens），这篇散文总结了他对理想花园的看法。

2 《普洛塞庇娜》（*Proserpina*）是19世纪后期英国著名作家、艺术评论家约翰·拉斯金（John Ruskin，1819—1900）论植物的文章合集，他反对维多利亚时代商业苗圃中的花卉栽培产业，进而反对植物生命的商品化。约翰·拉斯金主要研究哥特式建筑和现代艺术，是拉斐尔前派和工艺美术运动的积极支持者。

3 天堂玫瑰（Rose of Heaven）是樱雪轮（拉丁学名是 Silene coeli-rosa）的俗名，原产地中海，后在世界各地广泛种植，花瓣5枚，主要是粉红色，也有紫色、玫瑰色、桃红、白色等品种。

4 让-巴蒂斯特·阿尔方斯·卡尔（Jean-Baptiste Alphonse Karr，1808—1890）是19世纪后期法国著名记者、批评家、小说家，1855年出版了《我的花园之旅》一书。

5 北美人用“猪草”（pigweed）指多种动物可食用的苋科一年生杂草，北美常见的是长芒苋（拉丁学名是 Amaranthus palmeri）。

6 灵巧草（smartweed）可指北美东北部多种蓼属植物，常见的是宾州蓼（拉丁学名是 Polygonum pensylvanicum）。

7 查尔斯·达德利·华纳（Charles Dudley Warner，1829—1900）是19世纪后期美国散文家、小说家、编辑，马克·吐温的朋友。他的著作《花园夏日》（*My Summer in a Garden*）记述了夏日花园中的花木和发生在花园中的有趣故事。

8 金棒草（Goldenrod）是对一枝黄花属多种近似多年生草本植物的统称。此处指的可能是北美常见的“高黄花”（Tall Goldenrod，拉丁学名是 Solidago altissima）或“加拿大一枝黄花”（Canada Goldenrop，拉丁学名是 Solidago canadensis），有些植物学家认为前者是后者的变种。这种植物植株高大纤细，有蓬松的金色穗状花序。夏末到秋天开花的时候很吸引人。它的根状茎很发达，繁殖力极强，传播速度快，生长优势明显，生态适应性广阔，与周围植物争阳光、争肥料，直至其他植物死亡。也有可能是指从欧亚大陆传入的“毛果一枝黄花”（拉丁学名是 Solidago virgaurea）。

9 曼陀罗（拉丁学名是 Datura stramonium Linn.）是茄科曼陀罗属植物，原产南美洲西部秘鲁等地，后传入世界各地。

10 纳撒尼尔·霍桑（Nathaniel Hawthorne，1804—1864）是 19 世纪中期美国著名小说家，代表作有长篇小说《红字》、短篇小说集《重讲一遍的故事》等，他认识本书作者西莉亚。引文来自纳撒尼尔·霍桑的《美国札记》中 1843 年 6 月 23 日的日记，此书在霍桑去世后由他的妻子索菲娅编辑并于 1868 年出版。

11 指英国童书作家、编辑玛格丽特·加蒂（Margaret Gatty）。她在 1855 年至 1871 年间出版了《自然寓言》等儿童小说，并成功出版了期刊《朱迪阿姨杂志》（*Aunt Judy's Magazine*）。她的女儿朱莉安娜·霍雷希娅·尤因（Juliana Horatia Ewing，1841—1885）也是一位成功的童书作家，同时担任《朱迪阿姨杂志》的编辑。本书作者很喜欢她们写的儿童故事。

12 引自约翰·拉斯金的《普洛塞庇娜》。

13 奎德林堡之星（Star of Quedlinburg）是一种杂交的福禄考，以星星形状的花朵著称。

14 引自 19 世纪中后期美国著名思想家、诗人、作家拉尔夫·沃尔多·爱默生（Ralph Waldo Emerson，1803—1882）的诗《林中日记》（Woodnotes）。

15 画眉是对夜鸫属（*Catharus*）和孤鸫属（*Myadestes*）多种外形相似的鸣禽的统称，北美东北部常见的是比克奈尔画眉，又名比氏夜鸫（拉丁学名是 Catharus bicknelli），它们共同的特点是小而丰满，有着灰色或棕色的羽毛，胸部和腹部通常有较浅的颜色或斑点，喙短而尖。

16 食米鸟又名刺歌雀（拉丁学名是 Dolichonyx oryzivorus），是美洲本土的一种小型鸣禽，身体下部是黑色的，背部的底部和下部是浅灰色的，喜欢吃谷物。王鸟（kingbird）又译必胜鸟、极乐鸟，个头比较小，可它们为保护自己的领地敢于和比自己大得多的鸟类搏斗，故称“王鸟”，动物学正名是王霸鹟。作者所在的北美东北部常见的是东王霸鹟（拉丁学名是 Tyrannus tyrannus），它曾是北美洲以及中美洲广泛分布的鸟类，如今数量比较稀少。朱雀是对有着圆锥形喙的多种燕雀科鸣禽的笼统称呼，它们大多毛色鲜艳，通常是深浅不一的红色和黄色。这里指的可能是在北美广泛分布的家朱雀（House Finch，拉丁学名是 Haemorhous mexicanus）或在加拿大南部和美国东部地区分布的紫朱雀（Purple Finch，拉丁学名是 Haemorhous purpureus）。

17 翠鸟（kingfisher）是对翠鸟科（Alcedinidae）、翡翠科（Halcyonidae）、鱼狗科（Cerylidae）约 90 种鸟的笼统称呼。北美常见的是带鱼狗翠鸟（拉丁学名是 Megaceryle alcyon），它们的喙又长又大，大多有艳丽的羽毛，许多有羽冠，善于潜水，喜欢从栖木上猛扑捕鱼。此处的上湾（upper cove）指岛上一处小海湾。

18 在北美生活着三种美洲鹃，作者所在的美国东北部常见的是黑嘴美洲鹃（Black-billed Cuckoo，拉丁学名是 Coccyzus erythropthalmus）。

19 北美人口中的"黑鹂"（blackbirds）有很多种，北美东部常见的是锈色黑鹂（Rusty Blackbird，拉丁学名是 Euphagus carolinus）和红翅黑鹂（Red-winged Blackbird，拉丁学名是 Agelaius phoeniceus）两种。

20 引自培根的《论花园》。

21 "布兰奇·费里"本是纽约北部一个采石场工人的妻子无意中培育出来的香豌豆品种。纽约的费里公司（D. M. Ferry Company）买下这一新品种后，从 1889 年开始以"布兰奇·费里"之名销售这种花卉。

22 仙翁花（Ragged Robin，拉丁学名是 Lychnis flos-cuculi）是原产欧洲、西亚的石竹科剪秋罗属观赏植物，又名糙花剪秋罗。

第三章

1 引自英国诗人罗伯特·勃朗宁的诗《在清晨分别》（Parting at Morning）。

2 电灯花（Cobaea，拉丁学名是 Cobaea scandens），指电灯花属约 20 种生长迅速的观赏攀缘植物，原产墨西哥。这个植物学名称是为了纪念 17 世纪在美洲进行传教和研究的西班牙耶稣会传教士、博物学家贝尔纳韦·科沃（Bernabé Cobo）。

3 指的是三色牵牛花（拉丁学名是 Ipomoea tricolor），旋花科开花植物，原产美洲热带地区，后在其他地方广泛种植和本土化。花朵呈喇叭状，直径 4—9 厘米，通常为蓝色，中心是白色至金黄色。

4 高山罂粟（拉丁学名是 Papaver alpinum）是多年生草本植物，植株高约 20 厘米，花色鲜艳，有白色、橙色、黄色等，晚春至仲夏开花，夏末可能会再一次开花。原来生长在阿尔卑斯山和比利牛斯山脉，后被移植到平地。

5 潜鸟（Loon）是对潜鸟科几种鸟的通称。北美东北部最常见的是普通潜鸟（Common Loon，拉丁学名是 Gavia immer），又名北方大潜鸟。这是一种水鸟，高 61—100 厘米，翼展最长可达 1.5 米，有独特的颜色，以及狂野、尖利的叫声，擅长游泳和潜水，有些潜鸟在追逐猎物时可以潜入约 60 米深的地方。夏天它们生活在北美洲北部和阿拉斯加，冬天向南迁徙到墨西哥湾。

6 此处的“白胸燕”应该是民间俗称，即动物学家定名的白胸鳾（拉丁学名是 Sitta carolinensis），是一种北美常见的小型鸣禽，成鸟从头到后颈为黑色，上体部分为浅蓝灰色，覆羽为黑色，外部尾巴的羽毛为黑色，面部及腹部为白色。

7 1 盎司约为 28.3 克。——编者注

8 《可怜的皮利柯迪》（*Poor Pillicoddy*）是约翰·麦迪逊·莫顿（John Maddison Morton，1811—1891）创作的一出滑稽剧，1877 年出版。

9 塞勒恩玫瑰（Bon Silene）是 1834 年法国园艺家莫德斯特·格林（Modeste Guérin）培育的一种杂交茶香玫瑰品种，后传入欧美各地。凯瑟琳·梅尔美玫瑰（Catherine Mermet）是法国园艺家让-巴蒂斯特·安德烈（Jean-Baptiste André）1869 年培育的品种。后文提及的多花蔷薇则是 1875 年在法国用野生蔷薇杂交培育而成的品种。

10 1 磅约为 453.6 克。——编者注

11 Winterberry 直译是“冬莓”，学名为“轮生冬青”或“北美冬青”（拉丁学名是 Ilex-verticillata）。这是原产北美东部沼泽地区的冬青科冬青属落叶灌木，春末叶腋间开不显眼的小白花，夏末秋初就出现鲜红色的浆果，近球形，能一直宿存过冬，直到第二年春季。

12 金黄色猪牙花指的是北美常见的黄花狗牙百合（拉丁学名是 Erythronium americanum），又名猪牙花、狗牙紫罗兰、响尾蛇紫罗兰、黄雪花、鳟鱼百合，开黄色花朵。猪牙花又译作狗牙堇、狗牙花，是对多种相似植物的笼统称呼。除了开紫色或粉红色花的欧洲狗牙百合（拉丁学名是 Erythronium denscanis）以外，所有猪牙花的产地都在北美洲。它是春季

开花的植物，花低垂，通常是单株或小簇，颜色从白色到紫色。

13 “所罗门的印章”（Solomon’s Seal）指的是一种百合科黄精属多年生草本植物，可能是北美原产的双花黄精（拉丁学名是 Polygonatum biflorum），也可能是从外国引进的观赏植物。黄精属的几十种植物大多原产亚洲，尤其是中国。

14 地上鳃（Gill-go-over-the-ground，拉丁学名是 Glechoma hederacea）是一种被地覆盖的矮小多年生植物，春天很早就开花，不适合作为园林植物栽培。

15 “罗伯特草”，即纤细老鹳草（拉丁学名是 Geranium robertianum）。

16 狗茴香，即菊科泽兰属植物丝叶泽兰（拉丁学名是 Eupatorium capillifolium），又译毛叶泽兰、毛叶佩兰。

17 《塞耳彭自然史》（*The Natural History of Selborne*）是 18 世纪英国博物学家、鸟类学家吉尔伯特·怀特（Gilbert White，1720—1793）写的自然文学名著，1789 年首次出版。

18 1 英亩约为 0.4 公顷。——编者注

19 栽培品种的多花蔷薇非常耐寒，开密集的小簇花，由茶香蔷薇和野生多花蔷薇杂交培育而来。

20 指的是粉绿狐尾藻（拉丁学名是 Myriophyllum aquaticum），又名羽毛藻，是小二仙草科狐尾藻属的多年生挺水或沉水草本植物，植株长 50—80 厘米。茎上部直立，下部具有沉水性。叶轮生，多为 5 叶轮生，叶片圆扇形或回羽状，两侧有 8—10 片淡绿色的丝状小羽片。原产南美洲，后被引种到世界各地。

21 指文珠兰属的多种多年生植物，在无叶茎上开艳丽、芳香的大花，由鳞茎发育而成。它们分布在季节性潮湿的地区，包括沼泽、洼地，以及世界各地热带和亚热带地区的溪流与湖泊沿岸。原产美洲和非洲的温暖地区。

第四章

1 拟金盏菊属（*Venidium*）有多种半耐寒的一年生观赏植物，如常见的海角雏菊，植株高 45—60 厘米，夏天开的花很像雏菊，呈橙色或黄色，中

心为黑色。

2 烟斗藤（Dutchman's Pipe，拉丁学名是 Aristolochia durior），即美洲马兜铃。原产北美洲中部及东部，叶呈心形或肾形，开黄棕色或紫棕色管状花，形似弯曲的烟斗，因而得名，常在园林里用作绿篱，或者装饰门廊、棚架。

3 “人的精神”（the Spirit of Man）是基督教宗教哲学的一个概念。有一派学者认为，造物主照着自己的形象创造亚当、夏娃时，赋予了他们灵的本质，即“人的精神”。

4 酸模（拉丁学名是 Rumex acetosa L.），也被称为遏蓝菜、酸溜溜等，蓼科酸模属多年生草本植物。

5 苦莓，即紫叶稠李（Chokecherry，拉丁学名是 Prunus Virginia），通常被称为苦樱桃、弗吉尼亚乌樱桃，原产北美洲，其浆果淡红色，味酸涩，可用来制作果冻。

6 蓝眼草是俗名，指鸢尾科庭菖蒲属的多种一年生或多年生草本植物，原产美洲。在植物学家看来，它根本不是“草”，真正的草属于禾本科植物，有叶片状的叶子。

7 引自勃朗宁的情诗《失去的情人》（The Lost Mistress）。

8 引自丁尼生的长诗《莫德》（*Maud*）。

9 凯瑟琳烟火（Catherine-wheel of fire），点燃时会快速旋转，产生火花和彩色火焰。

10 引自勃朗宁的诗剧《巴拉塞尔士》（*Paracelsus*）。巴拉塞尔士（Philippus Aureolus Paracelsus，1493—1541）是 16 世纪初著名的瑞士医生、炼金术士，曾长期在巴塞尔上学、行医，与学者伊拉斯谟等人有交往。他猛烈抨击盲目信奉希波克拉底、盖伦和阿维森纳等古代医学权威的做法，认为疾病是外在因素攻击身体的结果，而不是体内不平衡的结果，并主张使用化学物质对抗致病因素，倡导进行医学实验。他也是一位有远见的哲学家。后世有很多关于他的传说。比如，传说他在那不勒斯战争期间当理发师时获得一把神奇的剑，剑柄里藏着小恶魔或长生不老药。

11 引自丁尼生的诗《爱和义务》（Love and Duty）。

12 指的是美国探险家罗伯特·埃德温·皮里（Robert Edwin Peary，1856—1920），他在 1886 年进行了第一次北极探险，进入格陵兰岛近 160 千米，因食物短缺返回。1892 年，皮里带着一支探险队深入格陵兰岛，这是当年极受关注的新闻。

13 引自《普洛塞庇娜》。

14 引自勃朗宁 1840 年发表的叙事诗《索尔代洛》（Sordello），原诗叙述的是 13 世纪意大利吟游诗人索尔代洛的生平。

15 罗马有传说古罗马时期修建的恺撒宫。

16 同注 13。

17 约翰·林德利（John Lindley，1799—1865）是 19 世纪上半叶英国著名的植物学家、园艺家，致力于制定植物分类系统。

第五章

1 “新娘罂粟”（Bride Poppy）现在被植物学家归类和定名为欧洲银莲花（拉丁学名是 Anemone coronaria），又名冠状银莲花、罂粟秋牡丹、银莲花。

2 指的是德国分析化学家弗里德里希·费迪南·龙格（Friedlieb Ferdinand Runge，1794—1867），他证实了颠茄提取物具有麻醉作用，第一个鉴别出咖啡因并发现了第一种煤焦油染料。

3 引自英国园艺家哈兰德·库尔塔斯（Harland Coultas，1817—1877）于 1859 年发表的文章《可以从一棵树学到的东西》（What May Be Learned from a Tree）。

4 卡米伊·弗拉马里翁（Camille Flammarion，1842—1925），法国天文学家和作家，自 1882 年起出版杂志《天文学》，一生出版了超过 50 本书，其中包括天文学普及书籍、数本知名的早期科幻小说和一些关于通灵术的书籍。他受到法国哲学家、教育家、作家亚兰·卡甸（Allan Kardec，1804—1869）的影响，后者提出的唯灵论（Spiritism）哲学在 19 世纪中叶的法国和英美有相当大的影响——本书作者西莉亚的父亲就受到这种哲学的影响。

5 引自卡米伊·弗拉马里翁 1890 年出版的科幻小说《乌拉尼亚》。

6 引自爱默生的诗《宽容》（Forbearance）。

7 引自《新约》中《马太福音》第 6 章第 28—29 节耶稣所说的话，中文和合本的译文为:“何必为衣裳忧虑呢?你想野地里的百合花怎么长起来;它也不劳苦,也不纺线。然而我告诉你们,就是所罗门极荣华的时候,他所穿戴的,还不如这花一朵呢!”

8 峨螺(Whelk)是一种形如大蜗牛的软体动物,主要分布在北美东海岸的沿海水域。它的贝壳大而坚厚,壳高 10 厘米左右,螺层 6 级,壳口直径为 7—10 厘米,最大的可长达 18 厘米。

9 克罗马蒂拉睡莲(拉丁学名是 Nymphaea‘Marliacea Chromatella’)是睡莲科植物,叶圆形,直径 25 厘米。花朵鹅黄色,花心深黄色。

10 加布里埃尔·德·吕泽特(Gabriel de Luizet,1794—1872)是法国里昂的苗圃管理员,1838 年培育了杏树品种“吕泽特”,也培育过新的蔷薇科植物。

11 引自勃朗宁的诗《公爵夫人的飞行》(The Flight of the Duchess)。

12 金百合,又名天香百合(拉丁学名是 Lilium auratum),原产日本,后作为园林观赏植物传入欧美。

13 梯牧草(Timothy grass,拉丁学名是 Phleum pratense L.),禾本科梯牧草属多年生草本植物,须根稠密,秆直立,高可达 120 厘米,原产欧亚大陆的温带地区,后传入美国,是广泛栽培的主要牧草之一。

14 指的是忍冬科多种观赏灌木和攀缘植物,它们原产南北半球的温带地区,在中国发现了其大多数变种。忍冬在任何普通花园土壤中都很茂盛。

15 指开白花的烟草(拉丁学名是 Nicotiana alata),有白色、淡黄、桃红、紫红等花色,盛开时绮丽美艳。原产阿根廷和巴西,现在世界各地作为观赏植物广泛栽种。花烟草的花呈喇叭状,5 片花瓣乍看如星形。

16 斯芬克斯蛾(Sphinx moth)是对狮身飞蛾科(Sphingidae)数量众多的飞蛾的统称。它们以其庞大的体型和悬停能力吸引人们的注意,腹部长而尖,经常在花朵附近盘旋,通过一个很长的喙摄取花蜜。园丁和农民一般认为它们的幼虫是讨厌的害虫,可以在几天内摧毁作物。但其实它们也可以帮助植物在夜间传粉。

第六章

1 狮子舌草应该是指当地的一种野草,或者是一种常见野草的地方俗名,但具体指何种野草不详。

2 引自勃朗宁的诗《复活节》(Easter Day)，略有改动。

3 引自丁尼生的长诗《国王的叙事诗》(*Idylls of the King*)。这是丁尼生根据流传的亚瑟王和骑士们的故事写的一部叙事诗。

4 泰坦斯芬克斯蛾（Titan sphinx，拉丁学名是 Aellopos titan）是天蛾科的一种飞蛾，身体为深褐色，腹部有宽的白色条纹，翅膀深棕色。它们的毛虫喜欢寄生在七叶苹果（Casasia clusiifolia）、西花头（Cephalanthus occidentalis）、白靛蓝（Randia mitis）等茜草科植物身上，成虫喜欢吃福禄考、马缨丹的花蜜，主要生活在南美洲和北美洲南部。

5 此处的“山蒿”(mountain fringe)，根据花色判断，应该是北美北部的蕈状山缘草，又名北美荷包藤（拉丁学名是 Adlumia fungosa）。

6 英语中所谓的“日本向日葵”就是肿柄菊（拉丁学名是 Tithonia diversifolia），一种粗壮茂盛的植物，最高可长到 3 米，雏菊样的黄色花头直径约 10 厘米。实际上，它原产墨西哥东部和中美洲而不是日本。

7 引自济慈的诗《我踮脚站在小丘上》(I Stood Tip-toe upon a Little Hill)。

8 路西法是宗教传说人物，因中世纪的《旧约》翻译家把《以赛亚书》第 14 章中希伯来语的“晨星”误译为拉丁人名路西法（Lucife）而出现。中世纪传说路西法曾是创世主的天使，其拉丁文名字由 lux（“光”，所有格是 lucis）和 ferre（“带来”）组成，意思是“光之使者”或“荷光者”。

9 黑种草（拉丁学名是 Nigella damascena L.）是毛茛科黑种草属一年生草本植物，高可达 60 厘米。花萼淡蓝色，形如花瓣，而实际的花是退化的。可爱的花朵似乎被包裹在精致的薄雾状苞片网中，因此被称作“雾之恋”(Love-in-a-mist)。原产北非和南欧，后传入世界各地。

10 引自英国戏剧家莎士比亚（William Shakespeare，1564—1616）的戏剧《第十二夜》第一幕第五场。

11 金光菊（拉丁学名是 Rudbeckia laciniata）是菊科金光菊属多年生草本植物，原产北美，可以长到 50—200 厘米高，花瓣金黄色，花期为 7—10 月，如今是全球各地庭园常见的观赏植物。

12 引自济慈的诗《致秋天》(To Autumn)。

13 毛剪秋罗（Rose Campion，拉丁学名是 Lychnis coronaria）是石竹科剪秋

罗属多年生草本植物，又名毛缕、醉仙翁，开小而艳丽的深粉色、紫红色、洋红或白色花。原产欧洲南部、亚洲西部、北非，后作为观赏植物传播到世界各地。

14 “彗星”是一种较早开花的高大品种，可以长到60厘米高，巨大的羽状花朵将点亮每个花园，令人惊叹。可以做成漂亮的切花。

15 紫盆花（拉丁学名是Scabiosa atropurpurea）是川续断科蓝盆花属一年生草本植物，高30—70厘米，原产南欧，后作为观赏植物传播到世界各地。

16 醉蝶花（拉丁学名是Cleome spinosa），别名蜘蛛花（Giant Spider flower），一年生草本植物，株高40—100厘米，其茎上的黏汁细毛会散发一股强烈的特殊气味，花由底部向上次第开放，花瓣披针形向外反卷，花苞红色，花瓣呈玫瑰红色或白色，花朵盛开时总状花序形成一个丰满的花球，朵朵小花犹如翩翩飞舞的蝴蝶。原产热带美洲，后作为观赏植物传播到世界各地。

17 蓝雪花（拉丁学名是Ceratostigma plumbaginoides，旧有学名为Plumbago larpentae），又称山灰柴、假靛（河南）、角柱花等，多年生直立草本植物。这种花原产中国，1846年被英国商人从上海带回英国，栽种在乔治·拉尔庞（George Larpent）爵士的花园中。1847年，植物学家约翰·林德利将这种植物命名为larpentae，以纪念拉尔庞爵士的妻子。这种美丽的花很快就受到欢迎，出现在1847年7月皇家园艺学会（Royal Horticultural Society）的展示中，并开始在奈特和佩里的苗圃（Knight and Perry's Nursery）中销售，后传到欧洲、美国。

18 旋木雀（Creeper）是觅食时紧贴树干或岩石表面移动的小型鸟类，北美常见的是美洲旋木雀（Brown Creeper，拉丁学名是Certhia Americana）。林莺（Warbler）指莺科（Sylviidae）、林莺科（Parulidae）、绿森莺科（Peucedramidae）的多种鸣鸟，分布在美国的主要是林莺科所属鸟类。霸鹟（Flycatcher）指多种会飞出去捕捉昆虫的鸟类，美洲霸鹟科（Tyrannidae）包含数百种擅长捕蝇的鸟雀。

19 扑翅䴕（Flicker）指多种中型啄木鸟。北美东北部常见的是北扑翅䴕（Northern Flicker，拉丁学名是Colaptes auratus），俗称黄鹀（yellowhammer）。这种棕色的啄木鸟在飞行时，翅膀和尾巴下闪烁着明亮的金色。在春季，几乎整个北美都能听到它们的鸣叫和短暂的敲击声。尽管擅长攀爬和锤击树干获取昆虫，但它们更喜欢的是在地上搜寻食物或在空中追逐猎物。这种鸟与欧亚大陆、英国的鸣鸟黄鹀（拉丁学名是 Emberiza citrinella）不同，后者形似麻雀，头部、眉纹、眼后纹和颊部是黄色，颏、喉、胸和腹部是鲜黄色，背部是栗灰色，喜欢栖息在树篱或灌木顶上唱歌。

20 鱼鹰（Osprey，拉丁学名是 Pandion haliaetus）是隼形目鹗科鹗属仅有的一种鸟类动物，体长 1.5—1.7 米，嘴黑色，头白色，背部大致暗褐色，尾羽有黑褐色横斑，腹部为白色，胸部有赤褐色纵斑。它们主要以鱼类为食，可以潜水捕食多种鱼类，常在天气晴朗时盘旋在水面上空，定点后俯冲而下捕鱼。

21 接骨木（Elder，拉丁学名是 Sambucus nigra）是忍冬科的一种多年生开花灌木，原产欧洲、北美和亚洲西南部。它的花和浆果在传统欧洲医学中有很长的使用历史。接骨木的花可用于酿造麦酒、烈性酒、醋等。接骨木果可用于制作蜜饯，也可以为葡萄酒增加风味和颜色。

22 北美有多种野生紫菀属植物，其中比较常见的是钻叶紫苑（拉丁学名是 aster subbulatus），这是一年生植物，遍布美国各地，开白色的像雏菊一样的花。它们是夏天最后盛开的几种花，是秋天的先兆。越橘（Huckleberry）是佳露果属多种植物的统称，美国东部和加拿大常见的是野生的黑越橘（拉丁学名是 Gaylussacia baccata），盛花期是 7—9 月，结黑色或黑紫色的小浆果，适合制作派、果酱、煎饼等。另外，矮越橘（Dwarf huckleberry，拉丁学名是 G. dumosa）和箱形越橘（Box huckleberry，拉丁学名是 G. brachycera）也比较常见。

23 引自丁尼生的长诗《纪念阿瑟·亨利·哈勒姆》（*In Memoriam A. H. H.*）。

24 此段提及的鸣禽：五子雀是鳾属（Sittidae）20 多种鸣禽的通称，它们会倒挂在树枝上寻找昆虫和种子，有时被称为“倒立鸟”。北美常见的两种是红胸鳾（拉丁学名是 Sitta canadensis）和白胸鳾（拉丁学名是 Sitta carolinensis）；前者灰毛红胸，经常在北美北部的针叶林活动，后者是黑头白胸的灰色小鸟，喜欢吃向日葵的种子。白喉林莺（拉丁学名是 Curruca communis）是一种中等大小的莺，和大山雀差不多大。它们有一条长尾巴，快速飞进和飞出掩体时，尾巴会弹起来。雄性有灰色的头、白色的喉咙和棕色的背部，下面是黄色的。它们是候鸟，爱吃昆虫、浆果和水果。

25 蜡菊（拉丁学名是 Helichrysum bracteatum）是菊科蜡菊属植物，多年生或一年生草本植物，高 20—120 厘米，开的花像菊花那样色泽绚丽，黄色花盘周围是有光泽的花瓣状苞片，有黄色、橙色、红色、粉红色或白色等多种颜色。花干燥后几乎可以永远保存，常用作干花，故名“永恒花”（Everlasting flower）。原产澳大利亚，如今是世界各地常见的园林观赏植物。

花园平面图和栽种的花卉清单

1 作者在此部分标注的花卉名称有的是英语俗名，有的是拉丁学名，译者按照原文翻译并保留原文，以便读者了解。此处作者写的是旱金莲的旧学名，调整后的学名为 Tropaeolum majus。园艺家阿萨•格雷（Asa Gray）在 1821 年出版的著作中介绍了多种原产南美和东印度群岛的花木，其中包括旱金莲，当时人称之为“印度水芹”（Indian cress）。

2 现在的拉丁学名为 Bidens alba。

3 拉丁学名为 Phlox drummondii。

4 应指北美常见的金鸡菊（拉丁学名是 Coreopsis basalis）。

5 应指花葱科绵星花属的观赏花木。

6 野罂粟（拉丁学名是 Papaver nudicaule）。

7 法兰西月季，又译羽仕装月季，蔷薇科蔷薇属落叶灌木，1867 年法国园艺家让-巴蒂斯特·安德烈培育出第一株杂交茶香月季，被视为现代月季诞生的标志。

8 雪莉虞美人是从原产英国和欧洲的野生罂粟培育而来，以位于大伦敦萨里郡克罗伊登区的雪莉这个地方命名。

补缀：花园余韵

1 这句话引自《十英里之外：肖尔斯群岛指南》（*Ten Miles Out*：*Guide Book to the Isles of Shoals*），第七版，莱曼·V. 拉特利奇（Lyman V. Rutledge）修订，爱德华·F. 拉特利奇（Edward F. Rutledge）编辑，肖尔斯群岛协会出版，第 13 页。

2 下面几段引文摘自霍桑的著作《美国札记》（*The American Note-Books*），索菲娅·霍桑（Sophia Hawthorne）编辑，河畔出版社，第九卷，霍顿·米夫林出版公司，1883 年。

3 在这幅画中，哈萨姆描绘了前景中的岛上度假生活，包括游泳池里的游泳者和正午阳光下的步行者。在度假者之外，是一片温和的海洋，点缀着“鲍勃岩”和其他花岗岩露出的表面。

4 从这套卡片可以看出当时时尚女性穿着的泳衣形制，说明当时去肖尔斯群岛度假在东海岸相当流行，可以想象夏季那里颇为热闹。

5 西莉亚·撒克斯特，《海岛生活》，霍顿·米夫林出版公司，1873 年，第 120—121 页。

6 西莉亚·撒克斯特，《海岛生活》，霍顿·米夫林出版公司，1873 年，第 143 页。

7 译文引自程虹的《宁静无价》，上海人民出版社，2019 年，第 175 页。

8 1888 年，西莉亚在花瓶的一面描绘了橄榄枝，另一面书写了索福克勒斯（Sophocles）的《俄狄浦斯在科洛诺斯》（*Oedipus at Colonus*）第 705 行关于橄榄树的合唱歌词。歌词大意是：“宙斯·莫里欧斯的永恒之眼注视着，还有雅典娜明亮的眼睛注视着。”（希腊字母中有几个错误。）

9 西莉亚致安妮·菲尔兹，1879 年 7 月 19 日，引自 Celia Thaxter, *Letters of Celia Thaxter*, edited by her friends A.F. and R.L. (Boston: Houghton Mifflin, 1895)。

10 安妮·菲尔兹撰写的前言，引自 Celia Thaxter, *Letters of Celia Thaxter*, edited by her friends A.F. and R.L. (Boston: Houghton Mifflin, 1895)。

11 柴尔德·哈萨姆以手绘的罂粟花瓣作为西莉亚的《岛上花园》首版扉页的装饰，水彩画上的字可能是哈萨姆写的。

12 西莉亚致布拉德福德·托里，1894 年 7 月 20 日，引自 Celia Thaxter, *Letters of Celia Thaxter*, edited by her friends A.F. and R.L. (Boston: Houghton Mifflin, 1895)。

13 《岛上花园》出版后，西莉亚曾将书寄赠给来过岛上花园的钢琴家伊芙琳·本尼迪克特（Evelyn Benedict），不久之后西莉亚就病逝了。为了纪念西莉亚，伊芙琳邀请风景画家阿普尔顿·布朗、作曲家克拉拉·凯瑟琳·罗杰斯（Clara Kathleen Rogers）、编辑亨利·奥尔登（Henry Alden）、钢琴家威廉·梅森（William Mason）等友人在这本《岛上花园》上题词。1895 年 8 月 21 日，就在肖尔斯群岛上，柴尔德·哈萨姆应邀在其中一张空白页上题写了《夜曲》（Nocturne Seafire），叙述他对秋日海景、声音的感想，对页就是他为这本书设计的插图。1943年，伊芙琳·本尼迪克特把此书捐赠给了佛蒙特大学。

14 安妮·菲尔兹撰写的前言，引自 Celia Thaxter, *Letters of Celia Thaxter*, edited by her friends A.F. and R.L. (Boston: Houghton Mifflin, 1895)。

15 西莉亚致詹姆斯·菲尔兹，1862 年 9 月 4 日，引自 Celia Thaxter, *Letters of Celia Thaxter*, edited by her friends A.F. and R.L. (Boston: Houghton Mifflin, 1895)。

16 引自《柴尔德·哈萨姆：美国印象派》(*Childe Hassam: American Impressionist*)，2004 年，第 307—308 页。

17 后被称作"百老汇和第 42 街交口"，现在仍然是岛上有名的景观。

18 George William Sheldon, "Recent Ideals of American art", in *Childe Hassam: American Impressionist*, 2004, 78.

19 Kathleen M. Burnside, "'Nature Ever His Resource': Hassam's Three Decades at Appledore," in *American Impressionist: Childe Hassam and the Isles of Shoals*, ed. Austen Barron Bailly and John W. Coffey (New Haven: Yale University Press, 2016), 109.

20 A. E. Ives, "Talks with Artists: Mr. Childe Hassam on Painting Street Scenes," *Art Amateur* 27, no. 5 (October 27, 1892): 116, quoted in Burnside, "'Nature Ever His Resource,'" 109.

21 Pictures by Childe Hassam, *The New York Times*, 2 February 1896, 21.

22 关于惠斯勒是如何影响哈萨姆的，参见：Kathleen M. Burnside, "'Nature Ever His Resource': Hassam's Three Decades at Appledore," in *American Impressionist: Childe Hassam and the Isles of Shoals*, ed. Austen Barron Bailly and John W. Coffey (New Haven: Yale University Press, 2016), 109-110。

23 Hassam to J. Alden Weir, July 20, 1911, J. Alden Weir Papers, *Archives of American Art*, Smithsonian Institution, microfilm reel 125:66.

插图索引

萨姆，芝加哥艺术学院

《岛上花园》，纸上水彩，44.5 厘米 ×35.6 厘米，1892 年，柴尔德·哈萨姆，史密森尼学会美国艺术博物馆

第三章

《清晨，肖尔斯群岛》，布面油画，41.2 厘米 ×56.5 厘米，1890 年，柴尔德·哈萨姆，北卡罗琳娜美术馆

《花园》，纸上水彩，50.5 厘米 ×35.3 厘米，1892 年，柴尔德·哈萨姆，私人收藏

《夏末蜀葵》，纸上水彩，44.5 厘米 ×28.9 厘米，1892 年，柴尔德·哈萨姆，私人收藏，纽约赫希尔·阿德勒画廊

《蜀葵，肖尔斯群岛》，布面油画，45.1 厘米 ×55.9 厘米，1902 年，柴尔德·哈萨姆，私人收藏

第四章

《门口眺望》，纸上水彩，54 厘米 ×43.8 厘米，1892 年，柴尔德·哈萨姆，希尔森·莱曼·赫顿收藏

《肖尔斯群岛》，布面油画，39.4 厘米 ×45 厘米，1890 年，柴尔德·哈萨姆，私人收藏，纽约格雷厄姆画廊

《虞美人，肖尔斯群岛》，布面油画，50.2 厘米 ×61 厘米，1891 年，柴尔德·哈萨姆，华盛顿美国国家美术馆

第五章

《最喜欢的一角》，纸上水彩，24.1 厘米 ×36.8 厘米，1892 年，柴尔德·哈萨姆，私人收藏，纽约赫希尔·阿德勒画廊

《祭坛和神龛》，纸上水彩，38.1 厘米 ×30.5 厘米，1892 年，柴尔德·哈萨姆，普

法伊尔收藏

《月光，肖尔斯群岛》，布面油画，61 厘米 ×50.8 厘米，1892 年，柴尔德·哈萨姆，私人收藏，波士顿阿尔韦斯特画廊

第六章

《西风，肖尔斯群岛》，布面油画，38.1 厘米 ×55.9 厘米，1904 年，柴尔德·哈萨姆，耶鲁大学美术馆

《阴凉处》（从廊道眺望海洋），纸上水彩，50 厘米 ×35.6 厘米，1892 年，柴尔德·哈萨姆，私人收藏

《蜂鸟的家》，纸上水彩，35.6 厘米 ×25.4 厘米，1893 年，柴尔德·哈萨姆，私人收藏

《晨星》，纸上蜡笔，50.8 厘米 ×61 厘米，1891 年，柴尔德·哈萨姆，耶鲁大学贝尼克珍本与手稿图书馆

《平水行船》，布面油画，50.8 厘米 ×61.6 厘米，1900 年，柴尔德·哈萨姆，纽约赫希尔·阿德勒画廊

花园平面图和栽种的花卉清单

《花园平面图和栽种的花卉清单》，《岛上花园》插图，1894 年，美国霍顿·米夫林出版公司河畔出版社

补缀：花园余韵

《肖尔斯群岛手绘导游图》，彩色印刷，68 厘米 ×50 厘米，1927 年，伊丽莎白·舒特莱夫绘图，波士顿行者公司

《朴次茅斯和肖尔斯群岛》，彩印插图（木板版画），原作由 S.V. 亨特雕版，J.F. 肯西特绘制，1874 年，纽约 D. 阿普尔顿公司出版

《东北岬，阿普尔多尔岛》，布面油画，63.8 厘米 ×76.3 厘米，1901 年，柴尔德·哈

萨姆，华盛顿美国国家美术馆

《怀特岛上的灯塔，肖尔斯群岛》，彩色印刷卡片，1901 年，底特律摄影公司

《新罕布什尔灯塔》（怀特岛），纸上水彩，49.5 厘米 ×34.39 厘米，1886 年，堪萨斯市纳尔逊-阿特金森美术馆

《游泳池，阿普尔多尔岛》，布面油画，63.2 厘米 ×75.6 厘米，1907 年，柴尔德 · 哈萨姆，波士顿美术馆

《肖尔斯群岛》（“花式浴者”系列贸易卡片），商业彩色印刷，6.9 厘米 ×3.8 厘米，威廉 · 坎贝尔公司发行，1889 年，纽约大都会艺术博物馆

《星期天早晨，阿普尔多尔岛》，纸上水彩，35.4 厘米 ×50.6 厘米，1912 年，柴尔德 · 哈萨姆，纽约布鲁克林博物馆

彩绘陶器，高 16.5 厘米，西莉亚 · 莱顿 · 撒克斯特，1888 年，纽约大都会艺术博物馆

《岛上花园》首版封面，金色印花配浅绿色布面，17.1 厘米 ×23.5 厘米，1894 年，莎拉 · 怀曼 · 惠特曼设计，波士顿公共图书馆

《岛上花园》首版扉页，纸上水彩和扉页设计，25 厘米 ×20 厘米，1893 年或 1894 年，柴尔德 · 哈萨姆，波士顿公共图书馆

书籍题字，纸上墨水，1895 年，柴尔德 · 哈萨姆，佛蒙特大学珍本收藏

《花屋》，布面油画，86.36 厘米 ×86.36 厘米，1894 年，柴尔德 · 哈萨姆，私人收藏

《峡谷，阿普尔多尔岛》，布面油画，64.14 厘米 ×76.84 厘米，1901 年，柴尔德 · 哈萨姆，私人收藏

《礁岩和海湾，阿普尔多尔岛》，布面油画，50.8 厘米 ×76.2 厘米，1906 年，柴尔德 · 哈萨姆，密歇根州底特律美术馆

《南侧礁岩，阿普尔多尔岛》，布面油画，87 厘米 ×91.6 厘米，1913 年，柴尔德 · 哈萨姆，史密森尼学会美国艺术博物馆

参考文献

Celia Thaxter, *An Island Garden*, Boston and New York: Houghton, Mifflin & Co., 1894.

Celia Thaxter, *Letters of Celia Thaxter,* edited by her friends A.F. and R.L., Boston: Houghton Mifflin, 1895.

Sharon Paiva Stephan, *One Woman's Work: The Visual Art of Celia Laighton Thaxter,* Peter E. Randall Publisher, 2001.

Norma H. Mandel, *Beyond the Garden Gate: The Life of Celia Laighton Thaxter,* University Press of New England, 2004.

David Park Curry, *Childe Hassam: An Island Garden Revisted*. New York and London: W.W. Norton, with Denver Art Museum, 1990.

John W. Coffey (Editor, Contributor), Austen Barron Bailly (Editor, Contributor), Kathleen Burnside (Contributor), Hal Weeks (Contributor), Alexandra de Steiguer (Contributor), *American Impressionist: Childe Hassam and the Isles of Shoals*, 2016

Jane Vallier, (1981) "The Role of Celia Thaxter in American Literary History: An Overview," *Colby Quarterly*: Vol. 17: Iss.4, Article 6.

Deborah B. Derrick, *Constructing Identity In Place: Celia Thaxter and The Isles of Shoals*, MA, University of Nebraska, 2003.

程虹,《宁静无价》,上海:上海人民出版社,2019 年

https://www.digitalcommonwealth.org/

https://portsmouthathenaeum.org/

https://www.audubon.org/

译后记

在纽约大都会艺术博物馆，印象派画家柴尔德·哈萨姆的一幅画让我们第一次注意到这座有传奇色彩的海岛，注意到西莉亚的这本书。

《岛上花园》是西莉亚生前出版的最后一部著作，以细致动人而娴雅博闻的笔触记录了 1893 年夏秋她在这座花园中栽种植物的经历。1894 年，此书出版后三个月她就去世了。尽管“物去人非”，但她的文字以及哈萨姆的画作却让这座花园成为最令人遐想的园林之一。这座小小的岛上花园向人们展现了一种可能的生活方式，一种在大陆之外的貌似想象但又可以触及的美好。

100 多年后，我们在博物馆中和描绘这座花园的绘画相遇，于是“按图索骥”，找到了诗人的书，开始了阅读。我们喜欢她那种带着古典味的笔调，那种对自然、花木所投入的爱。

于是，就有了出一本相关著作的想法，念念不忘。对我们来说，这既是一本“老书”，也是一本“新书”。

老，因为这是100年前的作家撰写的关于花园的著作。首先，我们做了翻译的工作，依据的是1894年美国霍顿·米夫林出版公司河畔出版社的版本。翻译时，我们做了两个小小的调整。一是原文个别段落比较长，今天的读者阅读时可能会感觉沉闷，因此冒昧把个别太长的段落适当分成两三段。另外，原书用英文大写字母作为标记进行分章，而中文没有这样的形式，于是我们改用汉语数字形式。

新，因为我们把这项翻译看作一项小小的“新研究”，试图弄清楚西莉亚眼中的花草、动物的品种。北美的园艺植物和中国的颇不相同，因此我们做了大量考证和注解的工作。更重要的是，我们打算带着读者从新的角度认识这座花园与这座海岛、这位作家的故事。西莉亚的书仅仅讲述了她打理花园的故事，而我们希望讲述花园以外的故事。所以，才有了所谓的“补缀”，讲述西莉亚之后，这座花园的后续故事，补充关于它的其他背景，把它放在东海岸的人文地理、文化生态、生态和科技演变的视野下观察。

我们也参考和研究了巴尔的摩美术馆艺术策展人大卫·帕克·库里策划的“柴尔德·哈萨姆：重访岛上花园”，以及2016

年在北卡罗来纳州美术馆和皮博迪埃塞克斯博物馆举办的“美国印象派画家：柴尔德·哈萨姆和肖尔斯群岛”展览及其出版物。这两个展览启发我们，在翻译西莉亚的原著《岛上花园》之外，同时关注与这本书相关的故事，包括西莉亚和海岛的渊源，文学和绘画的关系，女性和文学、艺术的关系等等，把翻译当成研究的过程和对象，从今人身处的环境重新认识这本书、西莉亚这位作家、哈萨姆这位艺术家。

此外，我们还补充了原著没有的插图，包括哈萨姆更多的作品。书中使用的公共版权作品收藏在纽约大都会艺术博物馆、布鲁克林博物馆、华盛顿美国国家美术馆、史密森尼学会美国艺术博物馆、波士顿公共图书馆、芝加哥艺术学院、匹兹堡卡耐基美术馆、堪萨斯市纳尔逊-阿特金森美术馆、波特兰美术馆、明尼阿波利斯艺术学院、曼彻斯特柯里尔美术馆、北卡罗琳娜美术馆、底特律美术馆、耶鲁大学美术馆、佛蒙特大学珍本收藏、耶路撒冷以色列博物馆等文化机构，在此一并向它们致谢。

翻译的过程让我们回顾了一段有趣的小历史，重新接近和理解那些还带着古典情韵的人和事。其实，西莉亚和哈萨姆生活在 19 世纪末 20 世纪初，已身处“现代主义时期”，可是他们并非那个时代的激进分子，尤其是西莉亚，她心中有更老派或者说更“地方主义”的情怀，有低调幽然的自省意识，对乡野、花木这类“自然”有着更深切的感情。

我们所做的这一切，是向一个世纪前的作家、园艺家、艺术家们致敬，是对花木、艺术的热爱让我们结缘。感谢编辑和设计师的细心处理，让这本书呈现在读者面前，帮助我们实现了一个小小的夙愿。

我们相信，这座岛上花园会继续让人怀想。在地球另一端遥远的海岛上，有一座小小的花园，在陡峭的岩石之上，在辽阔大海的映衬下，玫瑰和百合、虞美人和飞燕草、野黄瓜和香豌豆次第开放，流光溢彩，它永远留在了西莉亚·撒克斯特的文字中，留在了柴尔德·哈萨姆的绘画中。